SV

edition suhrkamp
theater

Aller Seelen
Allerseelen 1943: Ein Mann wird vor den Augen seines kleinen Sohnes von Wehrmachtssoldaten unweit der slowenischen Grenze erschossen. Sie verdächtigen ihn, Partisanen unterstützt zu haben. Allerseelen 1945 die gleiche Szene in Deutschland: Aber dieses Mal wird der Mann von ehemaligen KZ-Häftlingen ermordet, die blindwütig Rache nehmen. Dazwischen liegt die Hölle eines KZs, datiert Allerseelen 1944.

Golgatha
Pastor Kurt, ein Mann der Friedensbewegung und Verteidiger der Schwachen, wird des Mordes an seiner Frau Corinna angeklagt. Alles spricht dafür, daß er sie bestialisch umgebracht hat. In seinem Stück zeigt Werner Fritsch den Kampf des gesellschaftlich am Pranger stehenden Geistlichen, ohne sich ein Urteil über dessen Schuld oder Unschuld anzumaßen.

Werner Fritsch
1960 in Waldsassen/Oberpfalz geboren. In den Jahren 1980 bis 1984 widmete er sich als Autor, Regisseur und Darsteller dem Aktionstheater/Performances. 1987 erscheint sein Roman CHERUBIM, der mit großer Aufmerksamkeit und Preisen bedacht wird. Seitdem zahlreiche Prosaveröffentlichungen, Theaterstücke, Hörspiele und Filme.
Werner Fritsch lebt zur Zeit in Hendelmühle und Berlin.

Werner Fritsch

Aller Seelen

Traumspiel

Golgatha

Suhrkamp

edition suhrkamp 3402

Satz: Jung Satzcentrum, Lahnau
Druck: Nomos Verlagsgesellschaft, Baden-Baden
Umschlag gestaltet nach einem Konzept
von Willy Fleckhaus: Rolf Staudt
Printed in Germany

1 2 3 4 5 6 – 05 04 03 02 01 00

Inhalt

Wondreber Totentanz, Bildtafel 6

Aller Seelen

Traumspiel

I. Sonnenblumen

Figuren

Junge
Lazarus – Vater, Bauer, Wehrmachtssoldat
Anna – Mutter, Bäuerin
Christa – Schwester
Philomena – Großtante
Engel – Engelbert Gruber, Bauer, Nachbar
Judith – Gruber, Nachbarin
Erwin – Bauer, Nachbar
Stephan Kayser – Partisan
Paul – Partisan
Milan – Partisan
Pfarrer
Huber – Wehrmachtssoldat
Geigenbauer – Wehrmachtssoldat

Zeit: Allerseelen 1943
Ort: Bauernhof an der Grenze zu Slowenien

II. Steinbruch

Figuren

Christa – jetzt KZ-Häftling
Stephan Kayser – jetzt KZ-Häftling
Judith – jetzt KZ-Häftling
Engel – jetzt KZ-Häftling
Paul – jetzt KZ-Häftling
Milan – jetzt KZ-Häftling
Anna
Lazarus – in Wirklichkeit: tot
Junge
Philomena
Pfarrer/Tod
Geigenbauer – jetzt KZ-Aufseher
Kaiser, Bert – KZ-Häftling
Kapo Grüner
KZ- Kommandant Niemann
SS-Totenkopf-Funkenmariechen
KZ-Häftlinge
Pfarrer II
Junge II

Zeit: Allerseelen 1944
Ort: Konzentrationslager

III. Allerseelen

Figuren

Großmutter
Hebamme
Katharina – Bäuerin
Wolfi – Bauer
Junge II – ihr Sohn
Christa – befreiter KZ-Häftling
Judith – befreiter KZ-Häftling
Kaiser, Bert – befreiter KZ-Häftling
Kapo Grüner – befreiter KZ-Häftling
Der tote Engel
Der tote Lazarus
Die tote Philomena
Der tote Geigenbauer
Der tote KZ-Kommandant
Der tote Stephan
Der tote Paul
Der tote Milan

Zeit: Allerseelen 1945
Ort: Bauernhof in der Nähe des Konzentrationslagers

Vorbemerkung:
Da dies Stück in der Hauptsache die Erinnerungen und Träume Christas im Zentrum hat, kann Christa auch von einer alten Frau gespielt werden. Oder von einer alten und einer jungen Darstellerin: die alte liegt im Todeskampf, will immer wieder über ihre Vergangenheit sprechen, aber immer wieder näht ihr ein anonymer Herr die Lippen zu.

Zwei Dinge erfüllen das Gemüt mit immer neuer und zunehmender Bewunderung und Ehrfurcht, je öfter und anhaltender sich das Nachdenken damit beschäftigt: der bestirnte Himmel über mir, und das moralische Gesetz in mir.

Immanuel Kant

Wo wohnen die Toten?

Der Junge und sein Vater Lazarus unter Sternen. Im Hintergrund versteckt, als ob sie auf jemanden warten würde: Christa.

Junge
Und die Stern alle, Vater?
Lazarus
All die Stern heißen Milchstraße. *Für sich:*
Neulich der Fluß voller Phosphor,
hat gebrannt in der Nacht –
war auch wie so eine Milchstraßen.
Junge
Wie sind die Stern Milch?
Lazarus
Wie lauter Sonnenblumen sinds, die Stern.
Oder sind wie lauter Äpfel aus Gold –
und die Nacht ist ein ewig großer schwarzer Baum.
Junge
An einen Stern hinlangen – tu ich, Vater,
wenn ich groß bin!
Lazarus
Die Stern – da wohnen die Toten.
Junge
Und was tun die Toten?
Lazarus
Die schauen auf uns!
Junge weint. Christa schleicht sich davon.
Lazarus
Was ist?
Junge
Die Oma ist tot.
Und die hat gesagt: Alle müssen wir sterben!

Lazarus
Wir zwei!
Wir sterben nie!
Junge
Und unsere Oma?
Lazarus
Die ist tot!
Junge
Da war aber was mit der Oma!
Lazarus
Was?
Junge weint wieder.
Sie gehen ins Haus.

Dunkel.

I. Sonnenblumen

Vater und Junge kommen in die große Wohnküche.
Dort liegt ein Haufen Sonnenblumen. Ringsherum sitzen die Mutter Anna, die Schwester Christa, die Tante Philomena, der Nachbar Engel, die Nachbarin Judith und der Nachbar Erwin.
Christa schält am Anfang Äpfel und bereitet diese als Bratäpfel zu. Dazu schaut sie immer wieder ins Kochbuch.

Lazarus
Was war mit der Mutter?
Anna
O je! Frag lieber nicht!
Lazarus
Jetzt will ichs grad wissen.
Anna
Naja – es war ja ein so sakrischer Winter!
Engel
Ja, Schnee! Schnee! Schnee! Ewig Schnee! Wir machen direkt Tunnel vom Haus zum Saustall und vom Saustall zum Abort, Winter für Winter!
Judith
Im Winter der ewige Schnee und im Sommer die ewigen Kreuzottern!
Lazarus
Ja, überall sinds bei uns. Im vorigen Sommer hab ich mit meiner Nullacht von der Wehrmacht beim Misthaufen Stücker zehn in Fetzen geschossen!
Anna
Aber deine Mutter hat ihnen immer Milch gegeben. Die waren wie Hausschlangen.
Philomena
Und ist immer ein Segen gewesen auf dem Haus.

Judith
Bei uns liegen sogar in der Schlafkammer alte Schlangenhäut voller Zickzackmuster!
Erwin *spöttisch:*
Schlangenhäut?
Engel *unbeirrt:*
Ein Mordstrumm Geier ist im August aufgeflogen aus der Lämmerwies, eine Kreuzotter in den Krallen...
Erwin
Wir haben ein Stück im Kornfeld nicht sensen können vor lauter Kreuzottern, das hat nur so herausgezischt.
Engel
Wo ich deinen Saumist hab breiten müssen mit dir?
Erwin
Wo du auftreten bist, wächst nichts mehr außer Dornen und Disteln! Ewig schad, daß man im Gebirg zu jeder Drecksarbeit die Nachbarn braucht.
Lazarus
Sogar jetzt, zum Sonnenblumenausklopfen!
Erwin
Ich tät arbeiten für zwei, wär nur der Engel nicht dabei!
Engel *zu Erwin:*
Du scheinheilige Giftotter! Laß dir doch ein Kriecherdenkmal aufstellen, daß ich was hab zum Hinbrunzen!
Sie wollen aufeinander los.
Lazarus
Nach dem Sonnenblumenausklopfen könnts euch die Köpf einschlagen!
Junge
Das tu ich im Sommer dann auch, Milch für die Schlangen hin.
Erwin
Milch?! Zwetschgengeist mußt ihnen geben, Bub, dann fangen sie original das Wahrsagen an!
Engel
Kreuzotternlatein – wie aus der Pistole geschossen!

Junge *unbeirrt:*
Jetzt, wo die Oma nimmer is.
Lazarus
Ja jetzt – was war jetzt mit der Oma?
Anna
Ach nichts, du!
Philomena
Laß die Toten ruhen! Laß die Toten ihre Toten begraben!
Lazarus
Jetzt kracht es gleich!
Was war mit meiner Mutter, Kruziteufel nochmal?
Anna
Ewig Angst all die Zeit über, wo die Oma im Sterben gelegen ist, daß auch noch ein Brief kommen tut mit einem schwarzen Rand. Jedes Muttergottesbild, hab ich Angst gehabt, fällt herunter und bedeutet deinen Tod, Lazarusl!
Judith
Ja, mein Bruder ist einmal ins Zimmer kommen zu mir – und nimmer umgekehrt, hat mich selig angeschaut und sich aufgelöst in Luft. Das war Allerheiligen 41. Zu dem Zeitpunkt ist er tödlich verwundet worden: Bauchschuß. Und in der Nacht auf Allerseelen gestorben.

Zwischenspiel: Traum des Jungen

Junge schläft ein: Sein Kopf sinkt auf die Tischplatte. Es wird dunkel. Ein Blitzreflex. Und ein gewaltiger Donner. Licht auf den Jungen, der aufsteht und eine Schale Milch nimmt.

Stimme der Blitzschlange
Füttere mich!
Ich bin ein Stern, der in tausend Teile zerfliegt.
Ich bin die Blitzschlange.
Gib mir Milch, oder ich sterbe.
Gib mir Milch, Bub.

Junge
Wer bist du? Meine Oma?
Die, die Milchstraße?
Stimme
Ich bin die Weltkugel, die fliegt durch Düsternis.
Junge
Und schlagst du in der Brust von einem Zornengel?
Blitz und Donner.
Stimme
Ich bin dein Gott, der aus dem Himmel fällt, Bub.
Wer mir in die Augen schaut, wird blind.
Junge
Oma! Ich seh dich! Ich seh dich!
Blitz und Donner.
Ende des Traums: Der Junge schreckt schreiend hoch.
Lazarus
Was war jetzt mit meiner Mutter?
Anna
Wir waren ewig zerwirrt zu der Zeit: Der Krieg war auf einmal wie vergeigt. Und Angst, daß die Partisanen kommen wegen dir...
Engel *zu Anna:*
Da mußt dir nichts denken...
Erwin *als ob er Verdacht schöpft:*
Ssso...
Lazarus
Krieg ich jetzt zu wissen, was mit der Mutter war oder nicht? Zum Teufel hinein?!
Anna
Und wir haben – für den Fall, daß wer stirbt im Winter – seit einer Ewigkeit zwei Särg auf dem Dachboden.
Judith
Wir schon auch! So ist es Brauch.
Anna
Und in einem Sarg hat die Schwiegermutter selber allweil ihr Dörrobst aufgehoben. Und wies stirbt, tun wir sie in den an-

dern. Die Tante Philomena hat jetzt jeden Tag Stücker drei Rosenkranz gebetet für ihre Schwester. Und wies Frühling wird, graben wir sie ein! Und denken uns nichts.

Junge

Aber ich hab sie immer noch gesehen!

Anna

Ja, wir essen Erdäpfelsuppen, und der Bub sagt: Die Oma ist da! Die Oma ist da! Das war dir was. Da ist uns ganz anders worden!

Junge

Ja, ja die Oma war da, wies schon tot war! Ich habs gesehen! Ganz aus Spinnweben... Und die Augen blaugrüne Mistkäfer...

Lazarus

Und weiter!

Anna

Es ist April, die Beerdigung Wochen vorbei. Jetzt stinkts so im Haus. Im Anfang hab ich dacht: Irgendwo eine tote Maus oder ein Ratz wo oder eine Katz oder so...

Lazarus

O leck mich doch im Arsch!

Erwin

Ja, Lazarus! Hat der Totengräber das Dörrobst wieder dürfen auferstehen lassen von den Toten! Und das am Führergeburtstag!

Engel

Prost! Totensuppen gibts in Gottes Namen heut, zu Allerseelen!

Erwin

Spirituelles auf den Tisch! Bis er automatisch das Ruckeln anfangen tut!

Lazarus

Vogelbeerschnaps her, Anna!

Alle

Ja! *Anna bringt Vogelbeerschnaps, schenkt ein.*
Prost auf die Oma selig! Prost!

Judith *hält zwei Bücher hoch:*
Bratäpfelrezepte und Brandreden!
Gute Nacht, schöne Welt!
Christa, *die gerade Bratäpfel auf den Ofen gibt:*
Ja, mein Gott! Was soll ich machen?! Ich hab Haushaltsprüfung! Und was auch abgefragt wird: Mein Kampf!
Auswendig:
Die geschälten Äpfel aushöhlen, um für die Füllung Platz zu schaffen. Die Rosinen in Rum einlegen, dann, abgetropft, mit zwei Drittel Mandelsplitter und dem Zimt vermischen. Zukker zugeben. Das Ganze in einer gut gebutterten Auflaufform im heißen Ofen weichgaren …
Erwin
Und jetzt das andere Buch! Kannst das auch wie aus der Pistole geschossen?
Engel
Wie aus der Maschinenpistole?
Christa *memoriert in ironischem Führertonfall:*
Indem wir uns immer wieder mit anderen Rassen paaren, erheben wir wohl diese aus ihrem bisherigen Kulturniveau auf eine höhere Stufe, sinken aber von unserer eigenen Höhe für ewig herab ….
Judith *schlägt »Mein Kampf« auf:*
Da ist ja eine Widmung drin:
»Mein Kampf« für Dich, Christa!
Mit deutschem Gruß. Dein Hartmut Geigenbauer.
Engel
Da legst dich nieder und stehst nimmer auf!
Lazarus
Das ist doch der von der Wehrmachtspatrouille, wo allweil aufkreuzt bei uns …
Anna
Mädl, ich sag es dir!
Christa
Der – der ist doch sowieso verheirat! Ich mach nicht dem seine Hur.

Höchstens ein wenig eine gute Miene zum bösen Spiel!

Anna

Ja nicht! Da wär kein Segen drauf. Und auch nicht den Stephan! Das tät uns fein ins Unglück stürzen.

Christa *wird rot, zitiert weiter aus »Mein Kampf«:*

Übrigens hat auch diese Erziehung unter dem Gesichtspunkt der Rasse ihre letzte Vollendung im Heeresdienste zu erhalten. Wie denn überhaupt die Militärdienstzeit als Abschluß der normalen Erziehung des durchschnittlichen deutschen Mannes gelten soll...

Erwin

Da hat er recht.

Engel

Einen Dreck hat er!

Judith

Und warum bist dann nimmer im Feld?

Erwin

Wegen meinem Hof!

Engel

Zwei Jahr Krieg sind dir genug – oder was?

Erwin

Ich hab einen Buben in Sewastopol, meinen Xaver. Unser Seppl ist blieben in Stalingrad. Und der Jakob, grad auf Heimaturlaub, sieht, daß unser Hof plündert wird durch Partisanenkrüppel, klettert aufs Schuppendach mit seinem Militärrevolver – und wird von irgendwoher herabgeschossen wie eine Tauben!

Engel *geheimnisvoll:*

Der Pfarrer hat neulich wieder eine heruntergeschossen von der Kirchturmuhr, der Goldzeiger ist noch heut blutig.

Judith

Zeit, daß ein Regen kommt.

Erwin *zieht ein Photo heraus und zeigt es Christa:*

So schaut er jetzt aus, mein Xaverl!

Und er tät sich mords freuen, wenn er wüßt, daß nach dem Endsieg so ein fesches Dirndl wie du, Christa, warten tät auf ihn...

Engel
Da kann er lang warten!
Lazarus
Ich sag nichts dazu.
Erwin *zu Engel:*
Das geht dich einen Dreck an!
Engel
Nach dem Endsieg kommt er todsicher nicht zu ihr ... Weil ob es zu einem Endsieg überhaupt kommen tut, steht in die Stern.
Philomena *betet Rosenkranz, Kugel um Kugel gleitet durch ihre Finger:*
Gegrüßet seist du Maria, voll der Gnade, der Herr ist mit dir. Du bist gebenedeit unter den Weibern und gebenedeit ist die Frucht deines Leibes, Jesus, der für uns das schwere Kreuz getragen hat.
Anna
So haben wir immer gebetet für dich – und daß uns keine Partisanen wegputzen, weil du bei der Wehrmacht bist!
Judith
Und hilft einer den Partisanen, räuchert dich die Wehrmacht aus – und du wanderst ins KZ!
Erwin
Ich wenn mir sicher wär ... Ich sag es offen und ehrlich: Ich wenn mir sicher wär, daß wer die Sauhund unterstützt ... Mir habens den Hof ausgeräubert und den Buben derschossen. Ich hetzert den Saukrüppeln jederzeit die SS auf den Hals!
Lazarus
Du bist halt ein Eingefleischter!
Erwin
Ja, wer sein Fleisch und Blut opfert ...
Engel *halblaut:*
... für den Arsch!
Erwin
Halt deine Slibowitzgoschen, deine slowenische. Sonst kriegst sie sakramentisch gestopft!

Engel
Und du deine Ratzen-Goschen: Heil Donnerkeil!
Lazarus
Eine Ruh herrscht hier herinnen!
Er nimmt die Ziehharmonika.
Da, die hat mich durch den Krieg begleitet.
Er intoniert die Melodie von »Lili Marleen« und singt kaum hörbar:
Unter der Laterne steht ein junges Weib,
Es hat die Hosen runter und macht die Beine breit...
Anna
Hör doch auf!
Lazarus
...Und denkt sich dabei im Stehn,
Hätt ich ihn drin, wie wär das schön,
Wie einst Lili Marleen.
Anna
Jeden Abend mit der Oma selig, der Tante Philomena und dem Buben Rosenkranz betet für dich...
Philomena *laut:*
Gegrüßet seist du, Maria, voll der Gnade, der Herr ist mit dir. Du bist gebenedeit unter den Weibern und gebenedeit ist die Frucht deines Leibes, Jesus, der für uns mit Dornen gekrönt worden ist...
Anna und Junge *im Chor:*
Heilige Maria, Mutter Gottes, bitt für uns, jetzt – und in der Stunde unseres Todes, Amen.
Lazarus
Jetzt – und in der Stunde unseres Todes...
Anna
Meine Mutter war gegen unsere Heirat bis in den Tod. Auf dem Sterbebett noch hat sie gesagt: Mädl, ein Musikant macht dir nur in einer Tour Schand!
Und recht hats gehabt!

Erwin

Ja, so ein Musikus ... So ein Musikus ist halt ein Luftikus – eine jede hat er gehabt hier am Berg heroben. Eine jede!

Judith

Mich nicht!

Erwin

Und wem hat das angeseichte Unterhösl gehört – am Brombeerbusch unterm Bergkreuz?

Engel

Halt dein Lügenmaul, deine Lästergoschen – sonst kriegst sie gehörig verdroschen! Und die deine – die runzlige Berghex da, die Josepha, hat er unter Garantie nicht angelangt, allenfalls mit der Mistgabel. Da kannst astreines Strychnin drauf nehmen!

Anna

Ich nehm auch gleich Strychnin, ich hab noch welches.

Lazarus

Ich wenn ein Weib wär, ich würd mich auch lieben ...

Anna

Ach du – – –

Judith *zu Anna:*

Wirst ihn halt annageln müssen wie deinen Christus. Und aufhängen im Herrgottswinkel, dann kommt er nimmer aus.

Lazarus *zu Anna:*

Ich hab dich doch auch zum Fressen gern gehabt. Jetzt reut mich nur, daß ich dich nicht gleich gefressen hab mit Haut und Haar, als alles noch fesch war und rösch ...

Anna

Wer so Zeug singt, der hat kein Glück.

Philomena

Der kommt nimmer heil zurück!

Lazarus

Grad deswegen! Die! Die, wo das Winseln anfangen: Mama, Mama – wenn sie den Arsch zusammenkneifen, auf die ist auch geschissen!

Engel
Wo er recht hat, hat er recht.
Lazarus *spielt, dabei bewegt er sich auf Anna zu und fixiert sie:*
Fein sein, beieinander bleibn.
Fein sein, beieinander bleibn.
Mags regnen oder winden oder abhinschneibn.
Fein sein, beieinander bleibn.
Fein sein, beieinander bleibn.
Anna *fällt ein:*
Treu sein, nicht aushingrasen!
Treu sein, nicht aushingrasen!
Denn d'Lieb ist so zart
Wie a Seifenblasen!
Treu sein, nicht aushingrasen!
Treu sein, nicht aushingrasen!
Erwin
Und wie geht die Saufassung weiter von dem Landser-Lied?
Judith
Ich wills nimmer hörn.
Anna
Und ich hab immer glaubt, wenn sie das Lied bringen im Volksempfänger, denkst du an mich...
Lazarus
Denk ich doch! *Er spielt und singt:*
Deine kurzen Röckchen, deinen geilen Gang,
Deine festen Tittchen, die küß ich stundenlang,
Wie wird mir da die Pfeife stehn,
Wenn du und ich nach Hause gehn,
Ich und Lili Marleen...
Anna und Judith und Philomena *im Chor:*
Aufhören!
Anna *weinerlich:*
Vor deinem Buben! Vor deiner Tante, wo sich im Villacher Krankenhaus einen Wisch hat geben lassen, daß sie mit siebzig noch Jungfrau ist.

Und den Jungfernschein schwarz auf weiß unserem hochwürdigen Herrn Pfarrer vorgelegt...

Engel

Ein Schwarzer trifft immer ins Herz!

Die Männer pfeifen durch die Zähne und lachen.

Anna weint jetzt.

Philomena

Versündig dich doch nicht so, Bub! Bist doch mein lieber Lazarusl!

Wie du immer an meinem Rockzipfel gehangen hast, wie wir ins Tal gangen sind zur Kirchen beten! Und hinabwärts bereits den schmerzensreichen Rosenkranz gebetet und heraufwärts den dornenreichen!

Lazarus spielt die Melodie erneut an. Plötzlich hört man von draußen singen.

Stimmen *grölen in der Melodie von »Lili Marleen«:*

Aus dem stillen Raume,
Aus der Erde Grund,
Hebt mich wie im Traume
Dein verliebter Mund.

Wenn sich die späten Nebel drehn,
Werd ich wieder bei der Laterne stehn –
Mit dir, Lili Marleen,
Mit dir, Lili Marleen.

Es klopft.

Paul/Stimme

Aufmachen!

Lazarus

Wer da?

Paul/Stimme

Wehrmacht!

Lazarus öffnet. Es kommen zwei Männer in Wehrmachtsuniform herein.

Uniformierte

Heil Hitler!

Alle
Heil Hitler!
Engel
Drei Weiber – sechs Tittler!
Paul *zu Milan:*
Das weiß sie aber haargenau, die dreckige, kleine Bauernsau!
Milan *zu Engel:*
Name?
Engel
Gruber, Engel.
Paul
Engel?
Engel
Engelbert!
Milan *schreibt sich den Namen in ein Büchlein.*
Du hörst noch von uns, Kamerad!
Paul
Partisanen irgendwo gesehen?
Lazarus
Warum kommt heut nicht der Stuffz. Geigenbauer und sein Kamerad zur Partisanenkontrolle?
Paul
Bereits im Einsatz. Den Totengräber, den Kirchbaumer, habens überfallen, die Hundling, und ausgeplündert. Sein Weib hat sich noch, die Resl, ewig an ihn geklammert. Und ihn weggerissen von ihr und auf die Sonnleiten zerrt und eiskalt zu Tod gefoltert. Sein Grab graben müssen mit bloßen Händen...
Erwin
Die Sauhund, die! Räumt sie weg! Räuchert sie aus!
Lazarus
Den Kirchbaumer, o Kreuz!
Engel
War halt voll für Führer, Volk und Vaterland! Und ist in den Tod gangen dafür.
Judith
Jetzt haben wir keinen Totengräber mehr.

Erwin
Die Partisanen-Säu!
Wenn ich das Sagen hätt: So einer käm in kein KZ – auf der Stell kriegert so ein Kandidat die Kugel in Kopf!
Paul
Ist ja hochinteressant!
Milan
Sie sind unser Mann! Unser Kandidat!
Paul
Wissen Sie nicht, wo sich die Partisanen aufhalten?
Erwin
Auf der Höh von der Koflerkeuschen am End...
Milan
Hochinteressant!
Paul *nimmt »Mein Kampf« vom Tisch:*
Auffressen! Niederknien und auffressen!
Milan zwingt Erwin auf die Knie.
Erwin
Ich glaub, ich spinn!
Paul
Auffressen, sag ich!
Milan
Das ist doch die Offenbarung für dich!
Paul *reißt einige Seiten raus, knüllt sie zusammen:*
Der Leib Christi!
Milan
Scheißt morgen das Scheißpapier gleich mit in aller Herrgottsfrüh!
Erwin frißt »Mein Kampf«, würgt, kotzt.
Für den Totengräber hats kein Morgenrot mehr geben!
Paul
Der Kirchbaumer hat sein Hitlerbild fressen müssen samt Glasscherben. Dem hat die Goschen geblutet wie Sau.
Und die Kirchbaumerin war doch auch total führerfixiert! Die Theres hat das Gras ausgerissen und gefressen, wo der Führer drübergangen ist in Graz!

Milan *zu Anna:*
Und du machst Eierspeis für uns.
Anna schneidet Zwiebel und Speck, schlägt Eier in Pfanne.
Paul
Was stinkt denn hier so verbrannt?
Anna *bringt die verkohlten Äpfel:*
Christa, deine Bratäpfel sind verkohlt.
Christa
Sünd und Schad!
Paul
Daß mir die Eier nicht auch verbrennen!
Christa
Solang nicht wieder Besuch kommt.
Paul
Gib acht auf dein Züngerl, du!
Anna *für sich:*
Ich tu Strychnin rein für euch Saukrüppel!
Sie bringt die Eierspeis.
Paul *zu Christa, im Hintergrund schüttelt die Mutter den Kopf*:
Du frißt zuerst! Aber verbrenn dir nicht dein Züngerl, das könnst noch brauchen – für was andres!
Christa wehrt sich. Paul, der mit dem Rücken zum Fenster steht, faßt mit der Hand ins Essen und will ihr eine Faustvoll in den Mund drücken …
Da splittert das Fenster: Pauls Kopf wird von einem Schuß gestreift. Er dreht sich, das Gewehr im Anschlag, um und schießt Richtung Fenster.
Auf einmal hört man Lachen.
Stephan
Ihr seid es! Ich hab glaubt, die Deutschen!
Paul
Der damische Steph!
Milan
Glück gehabt, kleiner Scheißer!

Stephan
Den Hof laßts mir in Frieden!
Paul
Warum? *Stephan geht auf Christa zu, nimmt sie bei der Hand. Alle sind überrascht. Christa wird rot.*
Was willst mit einer Hitlerfud? Die hat »Mein Kampf« unterm Kopfkissen.
Milan *zu Stephan:*
Schwanzkontrolle! *Zu Christa:* Hitlerfudkontrolle!
Stephan
Untersteht euch!
Paul
Hast dir noch nicht den Schwanz verbrannt an ihr?
Stephan
Halt deine Lästerzunge im Zaum, du Sakra!
Milan
Ja, weißt das nicht, daß die Deutschen den Partisanenliebchen Zeug spritzen, daß wir krepieren ...
Stephan erstarrt.
Paul
Jetzt schaut er wie ein Schwalberl, wenns blitzt – unser Steph!
Stephan *zu Lazarus:*
Spiel was!
Lazarus
Im Leben nicht.
Stephan
Spiel was!
Lazarus spielt die Melodie von »Lili Marleen«.
Stephan und Christa tanzen. Paul holt Anna zum Tanz. Später tanzen auch Judith und Engel. Sie trinken.
Die Frauen schleichen sich fort, Anna mit der vergifteten Eierspeis.
Erwin *für sich:*
Euch Engelsbrut wird bald der Teufel holen!
Erwin ab.
Die Männer saufen und verbrüdern sich.

Engel
Der Auftritt als Wehrmachtler war nicht von Pappe! Respekt!
Und wie der gute Erwin »Mein Kampf« hat fressen müssen...
Er nimmt das zerfledderte Buch, geht auf die Knie, reißt Seiten heraus, stopft sie sich unter irrsinnigen Grimassen in den Mund. Schließlich knöpft er sich die Hose auf und macht eine Pantomime, daß er sich den Hintern mit Mein-Kampf-Fetzen abputzen will – und davon braune Hände kriegt...
Alle brüllen vor Lachen.
Lazarus
Aber Lili Marleen. Ha! Da hat man schon gemerkt, daß ihr nicht den richtigen Text kennts...
Paul *trunken:*
War das nicht der richtige Text?
Engel
Nein!
Lazarus *spielt und singt:*
Vor der Laterne wird es langsam leer,
Lili wollte noch mal, doch ich,
Ich konnt nicht mehr, denn er,
Der wollte nicht mehr stehn,
So mußten wir nach Hause gehn,
Ich und Lili Marleen.
Milan *zückt sein Notizbuch:*
Halt, das muß ich mir aufschreiben.
Für den nächsten Überfall...
Engel
Wo ist meine Judith?
Ich brauch jetzt auf der Stell mein Weib!
Lazarus *zeigt auf den Sonnenblumenhaufen:*
Such doch in dem Haufen da!
Engel *wühlt:*
Judith! Judith!
Alle lachen.

Lazarus *spielt und singt:*
Als die Zeit vergangen, war das Unglück da,
Und aus dem kleinen Mädchen, ward nun eine Mama,
Aus allen Winkeln hört mans laut,
Das kommt von der Laternenbraut,
Von dir, Lili Marleen.

Dunkel.

Zwischenspiel: Engels Traum

Ein Pfarrer erscheint im goldenen Meßstaat und im gleißenden Licht: Er hat ein Gewehr in der Hand und schießt unhörbar nach oben. Über die Bühne wandert der Schatten einer Taube, aus der nach jedem »Schuß« Blut auf die Bühne tropft.

Pfarrer
Plötzlich Partisanen in meiner Kammer.
Engel – du?!
Engel
Schscht!
Pfarrer
Partisanen überfallen den Hof meines Nachbarn Erwin: auf dem Dach der Scheune – die Militärpistole im Anschlag – Jakob, der aus dem Krieg beurlaubte Sohn des Nachbarn.
Ich spüre eine Mündung am Hinterkopf. Und Engel gibt mir ein Gewehr.
Engel
Schieß, Hochwürden!
Pfarrer
Ich schwitze Blut, der Kot –
Und schieße: Jakob fällt tot in den Hof.
Engel *kniet sich hin und beichtet:*
Ich habe einen Menschen gezwungen zu töten!
Gott sei mir Sünder gnädig.

Pfarrer
Ego te absolvo!
Engel legt sich wieder, als ob er schliefe, auf den Rücken. Der Pfarrer stellt sich ihm auf den Brustkorb. Engel atmet schwer.
Stimme
Was haben Sie gesehen, Herr Pfarrer?
Pfarrer
Ich, durchs Beichtgeheimnis außerstande zu gestehen:
– Ich habe nichts gesehen. Meine Brille liegt zerschlagen auf den Holzdielen.
Stimme
Ist gut. Ist gut, Hochwürden.
Pfarrer
Ebenso tot wie der Tote...
Engel
Ich bin nicht tot!
Er schreit sich außer Atem.
Ende des Traums.

Dunkel.

Geigenbauer/Stimme *klopft heftig an der Tür:*
Aufmachen!
Aufmachen!
Lazarus *kommt ungewaschen aus dem Hintergrund:*
O du Scheißen!
Geigenbauer/Stimme
Aufmachen oder –
Lazarus
Komm schon! Komm ja schon!
Halblaut: Kruzisakra!
Er öffnet die Tür. Es kommen, die Maschinenpistolen im Anschlag, die beiden Wehrmachtssoldaten Geigenbauer und Huber.
Geigenbauer
Partisanenkontrolle! Uns wurde gemeldet, bei euch sind Partisanen...

Lazarus
Bei uns ist niemand!
Im Sonnenblumenhaufen bewegt sich jemand.
Huber *ist kurz davor, eine Salve in die Sonnenblumen zu jagen:*
Halt!
Geigenbauer
Und wer ist der?
Lazarus
Ein Nachbar.
Geigenbauer
Und was macht der da in aller Herrgottsfrüh? Wär ums Haar in der Ewigkeit aufgewacht.
Lazarus
Ach, wir haben gestern ein wenig gefeiert. Der Engel schläft seinen Rausch aus.
Huber
Gefeiert – an Allerseelen?! Sauber, sag ich!
Lazarus
Es ist so über uns gekommen. Mitten unter dem Sonnenblumenausklopfen.
Es war einfach eine gespaßige Runde!
Außerdem, ich bin ja bei der Wehrmacht. Heimaturlaub. Aber das wissen Sie doch, Stuffz. Geigenbauer?!
Geigenbauer
Urlaubsschein?
Lazarus *holt ihn aus dem Hintergrund:*
Bitte.
Geigenbauer
Wer wohnt alles hier?
Lazarus
Meine Frau, meine Tochter, meine Tante. Mein Sohn.
Halblaut: Aber das wissen Sie doch, Geigenbauer!
Geigenbauer *unbeirrt:*
Sollen sich alle einfinden. Und ein bißchen plötzlich!
Lazarus *schreit in den Hintergrund:*
Anna, Tante, Christa, Bub!

Halblaut: Aber Sie sind doch schon öfter ...

Geigenbauer *zu Lazarus, gezischt:*

Kein Wort – sonst sprechen die Maschinenpistolen! Anzeige liegt vor!

Die Gerufenen erscheinen, die beiden Kinder im Nachthemd.

Philomena *zückt und betet mit zittrigen Fingern Rosenkranz:*

Gegrüßet seist du, Maria, voll der Gnade, der Herr ist mir dir ...

Huber *zieht Rosenkranz aus seiner Uniformtasche:*

Schau her, Weiberl, was ich da hab!

Hat mir durch den ganzen Krieg geholfen.

Geigenbauer

He, Hexe! He, Huber! Tuts den Krimskrams weg, sonst krachts!

Zu Lazarus: Sind das alle, die hier leben?

Weil, wenn wir noch jemand finden, der lebt nimmer lang.

Lazarus

Nein, wir sind wir alle!

Geigenbauer

Wirklich alle? Wenn ich noch wen find, der wird erschossen.

Und euer Vater dazu!

Die Schwester zuckt, der Junge weint.

Lazarus

Ist wirklich niemand mehr im Haus!

Engel

Höchstens ein paar Ratten!

Geigenbauer

Um die ist nicht schad!

Also – zum letzten Mal: Wenn ich noch wen finde, der beißt ins Gras – und euer Vater dazu.

Junge

Ich darf es ja nicht sagen, aber ...

Geigenbauer

Wo?

Junge weint.

Geigenbauer
Zeigs uns. *Zum anderen:*
Du gehst, Huber: Nimmst den Alten und den Jungen mit.
Anna
Nein!
Christa
Ich –
Huber geht, die MP im Anschlag, mit Lazarus und dem Jungen weg.
Man hört Schüsse. Das Weinen des Jungen. Fußgetrappel.
Stephan stürzt in die Stube, von Schüssen verfolgt.
Geigenbauer
Keine Bewegung – oder es war deine letzte!
Huber kommt mit dem weinenden Jungen auf dem Arm zurück.
Anna
Was ist passiert? Was ist passiert? Was ist passiert?
Wo ist mein Mann? Wo ist mein Mann?
Sie schreit.
Christa
Was ist mit dem Vater? Was ist mit dem Vater?
Huber
Tut mir leid, Leut!
Auf einmal springt, kohlschwarz im Gesicht, einer in der stockfinstern Räucherkammer aus dem Räucherschrank... Und ich, ich schieß und schieß... Und treff nur den Bauern ins Kreuz...
Geigenbauer *schlägt Stephan mit Kolben nieder und tritt ihn in die Weichteile. Dann holt er einen Kübel Wasser. Er sieht »Mein Kampf« zerrissen herumliegen. Er schlägt die Widmung auf. Mit Blick auf Christa:*
Alles klar! War »Mein Kampf« für die Katz bei dir. Na wart nur!
Schließlich schüttet er dem Bewußtlosen, der aus mehreren Wunden blutet, das Wasser ins Gesicht.
Wo sind die andern Partisanen?

Wo sind die andern?

Geigenbauer und Huber schlagen ihn wieder.

Stephan

Kein Wort kriegts ihr raus von mir.

Kein Sterbenswort!

Christa

Laßt ihn in Frieden!

Geigenbauer

Aha, daher weht der Wind! Als deutscher Krieger blitzt einer ab bei der Christa – und als Partisanenkrüppel erobert er sie im Sturm ...

Er schlägt auf Stephan ein. Zu Stephan:

Wir schlagen dich auch liebend gern vor den Augen deiner Braut zu Tod!

Er schlägt ihn.

Wo ist das Partisanennest?

Er schlägt Stephan äußerst brutal in die Weichteile.

Kinder kriegst du gleich keine mehr zusammen, Saukerl!

Christa

Auf der Koflerk ...

Engel

Halt dein Maul, du –

Anna

Du Unglückskind.

Junge

Ich wollt doch nur ...

Weint.

Anna

Dich mein ich nicht!

Christa

Ich –

Philomena

O Herr, gib ihm die ewige Ruhe und das ewige Licht leuchte ihm!

Dunkel.

II. Steinbruch

Liebe ist gewaltiger als der Tod

Hochzeitspolka von Christa und Stephan auf einem Stoppelfeld. Ringsherum Kornmännchen. Es tanzen im rotstichigen Licht der sinkenden Sonnenkugel: Christa und Stephan, Judith und Engel, Lazarus und Anna, der Junge und Tante Philomena und einige andere Paare. Oder sind es nur die Kornmännchen?

Pfarrer
Solang der Tag im Verwehn ist
und die Schatten weichen,
setze mich wie ein Siegel
dir auf das Herz.
Denn gewaltig wie der Tod
ist die Liebe.
Polkamusik.
Man hört die Traumfetzen der Tanzenden über Lautsprecher.
Christa *zu Stephan:*
Komm, mein Stern!
Komm nach Bethlehem!
Stephan
Ich war ja Jahre in keinem Bett!
Und ewig oft festgefroren in aller Früh als Partisan.
Die Knochen haben mir geklirrt vor Frost.
Einmal sind wir durch den Schnee geirrt.
Und plötzlich Lichter in ewiger Ferne!
Und die gehen immer wieder,
die gehen immer weiter weg.
Und waren keine Lichter,
das waren Wolfsaugen.
Christa
Das ist jetzt vorbei!

Stephan
Meine Brust ist ein Steinbruch.
Christa
In deinen Augen
ist wie im Meer untergehen.
Stephan
Siehst du die Ringe?
Christa
Jetzt und in der Ewigkeit?
Judith tanzt im Dirndl: ihr Oberteil ist gestopft voller Erdbeermarmelade.
Engel
Adam und Eva haben Gott vergessen –
in die Stauden hineingekrallt
und Äpfel gefressen.
Judith
Ja, das Paradies ist jetzt nirgends mehr
außer in mir, Engel!
Er langt ihr an die Brüste: Plötzlich quillt Erdbeermarmelade aus dem Ausschnitt hervor.
Engel
Judith, du bist so süß.
Ich könnt dich auffressen.
Judith
So? Tus!
Philomena
Christus hat sich ewig gefreut,
daß im Steinbruch der Stechapfel
so schön blüht...
Junge
Wies Paradies?
Philomena *tanzt auf Lazarus zu:*
Lazarus, wie ist es dort, wo du warst?
Anna
Schön, daß du wieder unter uns bist, Lazarus. Das Leid um dich hat mir die Augen ausgebrannt, meine Pupillen sind düster geworden und geschrumpft wie Trockenpflaumen.

Lazarus
Du hast allweil gleich geweint.
Das hat mir ins Herz hinein wehgetan.
Junge *stellt sich zu Lazarus:*
Weißt du noch, Papa, wie ich das erste Mal im Gottesdienst war… Und ich schau mich um und seh dich auf der Empore… Und ich ruf durch die ganz Kirchen: Mama, da ist ja der Papa!
Christa *tanzt auf Lazarus und Anna zu:*
Es ist wie ein kalter Wind kommen, Papa, wie du weg warst.
Wie wenn durch ein Loch ewige Kälte käm aus dem Kosmos.
Du hast das irgendwie ferngehalten von uns Kindern.
Wo du warst, da war nur Wärme.
Und mit dir und mit der Mutter war alles Weh weg.
Anna
Die Liebe versteh ich erst jetzt durch deinen Tod:
Im Schatten von Trauerweiden steht unser Leben,
im Schutz von Engelflügeln.
Lazarus
Alles ist dieser Tanz!
Wir dürfen keinen auslassen.
Sie tanzen beherzter.
Engel *zu Judith:*
Ich steh ewig auf dich.
In essigsaurer Tonerde noch als dein Engel,
das Flammenschwert in der Pratzen.
Judith
Ich wett, wenn du stirbst,
steht der Schwarze am Totenbett!
Pfarrer
Wie Brocken gefrorener Graberde
lastet mir der Sargdeckel der Schuld auf der Brust.
Hat mir Gott aufs Haupt geschlagen?
Fällt mir die Decke auf den Kopf?
Die Erde auf den Schädel?
Wofür nur? Wofür?

Im Freien Herzstechen, keine Erlösung.
Im Gegenteil: Gelb von Sonnenblumen,
im Steingrau der Muttergottesgrotten.

Philomena

Die Muttergottes, hat es geheißen,
soll stammen aus Mürzzuschlag
in der Herzgegend.
Da hätt sie zuwenigst übernachtet allweil.
Jetzt wirds nimmer leben.
Wirds bloß Figur mehr sein.
Bloß Stein.

Junge

Die hat Wunder wirken können:
Vögelsamen in der Hand,
Sonnenblumenkern und alles
sind ihr aufgegangen.

Pfarrer

Zur Beerdigung Jakobs, des Sohnes von Erwin, geholt –
durch mich geopfert gleich Isaak
im Angesicht des Gottes von Abraham –
zerfielen mir die Totengebete im Mund
zu Moder und Staub.
Und noch jetzt liegt mir wie Kalk
der Aschengeruch des Todes
auf der Zunge.
Die schwieg –
bis sie jetzt ein Engel erlöst
aus der Vision vom Krieg,
dem um die Nabe des Nichts
kreisenden Höllenrad.
Ist ohne Gott unsere Natur
Totschlag nur
und Tortur?

Engel und Judith in innigster Umarmung, in erdbeerroter Kriegsbemalung, machen Luftsprünge beim Polkatanz.

Engel
Wer in Himmel will kemmen,
muß die Teufel mitnehmen.
Denn im Himmel ists kalt,
weil der Schnee abhinfallt.
Judith
Allweil wieder gibts ein Donnerwetter,
aber einschlagen darfs nicht.
Steig einher beim Fenster,
aber rumpeln darfst nicht.
Engel stürzt sich auf sie.
Engel, gib mir Flügel.
Engel
Du: Das ist alles nur ein Traum
im Totenschädel von der Ewigkeit.
Judith
Zu hoch für mich, Engel!
Engel
Du bist a Sonnenblum –
und ich ihr Stengel!
Judith
Gott im Himmel! Gott im Himmel!
Sie erheben sich, tanzen auf Lazarus zu.
Engel
Lazarus, du bist schon allweil ein richtiger gewesen!
Lazarus
Ach, Engel ...
Judith *tanzt auf Lazarus zu:*
Wenn ich wüßt, daß der Lazarusl kommt,
tät ich sein Roserl waschen.
Wenn ich wüßt, daß er nicht kommt,
tät ichs Roserl sein lassen.
Lazarus *tanzt auf Stephan und Christa zu:*
Meinen Segen habt ihr.
Anna
Den meinigen auch.

An Gottes Segen ist alles gelegen, Kinder.
Und die Lieb so zart
wie a Seifenblasen ...
Stephan *umarmt Christa:*
Und ich bin Blut
im Kopf der Distel.
Christa
Ewig tief in mir,
dein Stachel:
Tod, jetzt kannst du kommen.
Stephan *tanzt auf Lazarus zu:*
Ewig schad,
daß die Hochzeit unter Unsternen steht.
Alle formieren sich als Hochzeitspaare.
Das Herandröhnen einer Steinlawine ist zu hören.
Pfarrer
Solang der Tag im Verwehn ist
und die Schatten weichen,
setze mich wie ein Siegel
dir auf das Herz.
Denn gewaltig wie der Tod
ist die Liebe.

Steinbruch

Licht auf den Kopf des Pfarrers: Es ist der Tod.

Tod *stimmt an:*
Freut euch des Lebens,
solange noch das Lämpchen glüht ...
Stephan und Christa küssen sich und verdecken ihn.
Ihre Köpfe gehen wieder auseinander: Der Tod hat jetzt das Gesicht des Hartmut Geigenbauer, inzwischen SS-Posten im KZ.

Geigenbauer
Und nun aus voller Brust geschmettert:
Freut euch des Lebens ...
Chor der KZ-Häftlinge *singt:*
Freut euch des Lebens,
solange noch das Lämpchen glüht ...
Geigenbauer
Lauter! Und mit etwas mehr Freud,
wenn ich bitten darf!
Chor der KZ-Häftlinge *singt:*
Freut euch des Lebens ...
Geigenbauer *geht auf Stephan zu:*
Du bist wohl im Bergwerk beschäftigt, Kayser?
Stephan schaut irritiert.
Brumm nicht so! Selbst du, Sau, sollst aus voller Brust dich deines Lebens freuen!
Er langt Christa an die Brust: Aus so voller Brust wie der da! Oder sterbt ihr schon an Herzschlag – bevor ein Stein überhaupt aus dem Himmel gefallen ist?
Und nun auf ein neues!
Chor der KZ-Häftlinge *singt:*
Freut euch des Lebens,
solange noch das Lämpchen glüht ...
Das Heranbranden der Steinlawine ganz laut.
Christa/Stimme
N-e-i-n!!!
Steinschlag.
Stephan!
Stephan/Stimme
Christa!
Einige Häftlinge werden von den kopfgroßen Steinbrocken getroffen.
Geigenbauer
Toten-Kommando: Die, wos derbatzt hat, auf einen Haufen!
Der Rest: Steine aufnehmen und wieder den Berg hoch.
Aber mit ein wenig mehr Schwung!

Das Totenkommando, darunter Paul und Milan, entfernt die vom Steinschlag Getöteten.
Die andern nehmen die herabgefallenen Steine wieder auf und schleppen diese den Berg empor.
Unter den Überlebenden Kaiser sowie Christa und Stephan, Engel und Judith.

Geigenbauer *zu Christa:*
Du kommst jetzt einmal mit.

Christa
Einen Dreck!

Geigenbauer
Kann ja sein, daß du auch das nächste Mal mehr Glück hast als Verstand ...
Ich sag nur: Achtung Steinschlag!

Stephan *dumpf:*
Geh mit!

Geigenbauer führt Christa in eine Hütte.

Geigenbauer
Ich hab dich weggebracht von den Steinen, die aus dem Himmel fallen. Aber jetzt will ich dich endlich ficken!

Christa
Nein!

Geigenbauer
Ich hab Macht über Leben und Tod.

Christa
Über den Tod vielleicht, aber übers Leben nicht.

Geigenbauer
Das werden wir gleich sehen.
Ruft: Kapo Grüner zu mir!

Kapo
Zu Befehl, Stuffz. Geigenbauer!

Geigenbauer
Bringen Sie den Häftling Kayser aus dem Steinbruch.

Kapo
Zu Befehl!

Geigenbauer
Siehst du, so bin ich. Die Liebenswürdigkeit in Person.
Christa
Wers glaubt, wird selig.
Geigenbauer
Wers nicht glaubt, kommt auch in Himmel!
Christa
Wie wir zwei?
Geigenbauer
Wie i-h-r zwei! Ich bring euch weg vom Steinbruch. Deinen Stephan tu ich in die Küche... Dann hast einen Küchenbullen, der dir nicht nur unten ein Stück Fleisch hineinstopft, sondern auch oben eines...
Und dich, dich tu ich ins Ballett–Bataillon vom Kommandanten! Da bist du unter meiner Fuchtel: Da wird Stechschritt exerziert, bis euch das Arschwasser kocht! Aber du kannst in aller Seelenruhe Frau Kayser werden! Ich will nur das Recht der ersten Nacht!
Jetzt!
Christa
Nicht jetzt – und nicht am Jüngsten Tag!
Geigenbauer
Wenn dein Kayser am Leben bleiben soll?
Christa
Ich bin tot!
Geigenbauer
Ein Leichenschänder bin ich nicht!
Er wirft sich auf sie.
Ein wenig Leben muß jetzt ins Spiel kommen!
Chor der KZ-Häftlinge/Stimmen *singt:*
Freut euch des Lebens,
solange noch das Lämpchen glüht...
Es klopft.
Geigenbauer
Wer da?
Kapo
Der Häftling Kaiser!

Auftritt Kapo und Kaiser.
Christa schreit auf.
Geigenbauer *augenzwinkernd zum Kapo:*
Das ist ja der Kaiser Bert, ich bin doch stillschweigend davon ausgegangen, du weißt, daß ich den Kayser Stephan gemeint habe!
Christa
Schwein!
Geigenbauer *zum Kapo:*
Da hörst du, was du mit deiner Dummheit angerichtet hast!
Von Stund an trittst du selber ins Glied der Steinbruch-Truppe ein! Marsch!
Kapo
Aber ... *Geigenbauer zieht theatralisch seine Militärpistole.*
Zu Befehl!
Christa
Du Schwein!
Geigenbauer
Tut mir aufrichtig leid!
Aufrichtig!
Chor der KZ-Häftlinge/Stimmen *singt:*
Freut euch des Lebens,
solange noch das Lämpchen glüht ...
Steinschlag.

Dunkel.

Engels Traum II

Geigenbauer
Totenkommando!
Das Kommando entfernt die vom Steinschlag Getöteten.
Steine wieder hochtragen für morgen früh!
Die überlebenden Häftlinge schleppen mit letzter Kraft die Steine den Berg empor.
Suppenempfang!

Dunkel.

Vor der leeren Suppenkanone. Häftlinge löffeln ihre Suppe aus Blechnäpfen.

Engel *zwischen dem Suppenlöffeln für sich:*
Ihr freßts jetzt und seids glücklich
an der Futterkrippen vom Tod.
Mich hättens längst ins Feuer geworfen,
wenn ich die Teufel, die verreckten,
nicht zum Lachen brächt,
daß sie brüllen wie am Spieß.

Geigenbauer
Engel! Die Suppenkanone!
Ausschlecken, Engel!

Engel schleckt sie aus. Lächelt verschmitzt.
Alle lachen.

Geigenbauer
Jetzt, bell! Engel!

Engel
Wau! Wau!

Geigenbauer
Jetzt auf alle viere wie alle Tiere!
Engel geht auf allen vieren.
Jetzt beiß den bösen Kapo!

Engel
Wau! Wau!
Engel beißt dem Kapo zum Schein ins Bein.

Kapo
Au, du blöde Sau!

Geigenbauer
Und jetzt schleck meine Stiefel ab, mein innerer Schweinehund, Engel!
Engel schüttelt den Kopf.
Alle lachen.
Küche! Einen Krug Erdbeermarmelade!
Ein Küchenhäftling bringt sie.
Geigenbauer schüttet den Krug Erdbeermarmelade Engel

über den Kopf. Engel schneidet Grimassen, schleckt mit der Zunge nach dem zuckrigen Zeug.
Alle lachen.
Geigenbauer
Wer von euch Erdbeermarmelade will ...
Die Häftlinge fallen über die Marmelade auf Engels Kopf her.
Übrig bleibt Engels abgenagtes Gerippe.
Ende des Traums.
Engel
Vielleicht wär der Ofen das Gescheitere gewesen für mich, aber was wird aus meiner Judith? Sie rechnet fest darauf, daß ich überleb.
Herrgott noch mal, ich hab nicht allweil so hautig ausgeschaut wie heut.
Wenn ich mich jetzt seh, muß ich die Zähn zusammenbeißen, die zaundürren Kiefer, daß ich durchkomm durchs KZ. Und wenn es sein muß, auf dem Zahnfleisch – für die Judith!
Wie wir allweil Walderdbeeren gepflückt haben für Marmelad ... Rings um die Koflerkeuschen, wo die Totenbretter sind.
Und die Judith sagt: Deine Händ riechen ewig nach Erdbeeren!
Und ich: Meine Händ riechen nach dir.
Und die Judith: Nicht hier! Der Wald hat Augen.
Und ich: Ja, die Kreuzottern im Schwarzbeergebüsch zischen bereits vor Eifersucht.
Und sie schreit: Kreuzottern – ihhhhhhhhhh! Und will aufspringen und weg wie der Blitz, aber ich, ich laß sie nicht weg.
Und die schreit und schreit und schreit wie am Spieß ...
Und später beim Marmeladkochen bricht sie, kalkweiß im Gesicht, zusammen in der Küchen ... Und ist jetzt in der Kotgruben vom KZ unser Kind: rot, blutig und tot ...

Dunkel.

Steinschlag.

Himmel und Hölle vernähen

Beim Schafkopfspiel.

KZ-Kommandant
Hier, ein Rembrandt aus Amsterdam, für den Reichsmarschall in Carinhall!
KZ-Arzt
Ich hasse Rembrandt, da schaut das Fleisch immer so verwest aus.
KZ-Kommandant
Das sagen ausgerechnet Sie? Der Sie immer lebenswarme Objekte unters Messer kriegen?
KZ-Arzt
Drum eben! Verfall ist mir ein Greuel, Verwesung hasse ich wie die Pest!
KZ-Kommandant
König Davids Bathseba bei der Toilette...
Geigenbauer *betrunken:*
Toilette? Sauerei!
KZ-Arzt
Genau: König David ließ ihren Mann im Kriege fallen und schnappte sich dann die Frau...
Geigenbauer
Herz ist Trumpf!
KZ-Kommandant *spielt aus:*
Herz hat jeder!
Geigenbauer
Himmel, Arsch und Zwirn!
KZ-Arzt
Ich muß doch um mehr Kultur bitten in meiner Gegenwart.
Geigenbauer
Firmament, Gesäß und Nähgarn! Sauerei!
Alle drei lachen.
KZ-Arzt
Ja nicht alle guten Sitten schleifen lassen, heißt die Parole!

KZ-Kommandant
Der Stich geht an mich.
Geigenbauer
Das ist die Natur, die durchgeht mit mir, wenn ich einen Stich mit 37 Augen verlier! Ich verhunger noch vorm Loch mit meinen 58 Augen!
KZ-Kommandant
Es ist noch nicht zu spät!
Geigenbauer
Verdammt und zugenäht!
KZ-Kommandant
Noch ist Polen nicht verloren!
Geigenbauer
Alles fest in deutscher Hand!
KZ-Arzt
Die deutsche Medizin ist die beste der Welt. Wir haben das beste Test-Material...
KZ-Kommandant
Dafür ist der Engländer der beste Tierarzt! Die machen ja nur Tierversuche!
Geigenbauer
O Gott, da möcht ich kein kranker Tommy sein! Sauerei!
KZ-Arzt
Alles Verkrüppelte, alles Minderrassige wird von diesem Planeten verschwunden sein. Das Handwerk des Herrgottes beherrschen wir bald besser als er selbst!
KZ-Kommandant
Eichel sticht!
Geigenbauer
Da schmier ich meine Herzsau hinein! Sauerei!
KZ-Arzt *spielt aus.*
Mein Herz sticht!
KZ-Kommandant
Ich hab das Messer!
Herz sticht nicht! Eichel sticht!
Er kassiert den letzten, entscheidenden Stich ein.

Er zählt die Augen zusammen.
33 Augen mit dem ersten Stich. Mit dem zweiten acht. Und der dritte? 27 Augen. Macht insgesamt 68. Sieg!
Danke, die Herren. Ich bekomme von Ihnen, Geigenbauer, drei Reichsmark. Und von Ihnen, Herr Doktor, zwei.

Geigenbauer

Kriegen Sie beim nächsten Freitagstarock!

KZ-Kommandant

Spielschulden sind Ehrenschulden!

KZ-Arzt

Ich zahle lieber gleich!

Geigenbauer

Wenn ich nur noch einen wüßt, der Schafkopf kann. Könnten wir einen Vierer klopfen. Früher auf dem Dorf hat unser Pfarrer sein Seelenheil verschafkopft.

KZ-Arzt

Seit Sie, Herr Kommandant, die geflohenen Häftlinge hängen ließen an Heiligabend, und der Lagerchor und die Lagerkapelle mußten »Stille Nacht, heilige Nacht« intonieren – das hat Sie bei der Kirche unter Garantie vollends diskreditiert!

KZ-Kommandant

Stille Nacht, heilige Nacht!
Ich bin im Grunde total romantisch. Zwei Seelen wohnen, ach, in meiner Brust!

KZ-Arzt

Faust! Keine Dichtung spricht einem Deutschen mehr aus der Seele.

Geigenbauer

Seele – das Wort hat der Pfarrer auch immer im Maul gehabt.
Er rülpst.
Haben Sie nicht ein Pulverl, Herr Doktor, oder ein Spritzerl, ich schlaf so sauschlecht und bin den ganzen Tag wie erschlagen!
Er hat Schluckauf.
Das Saufen trübt einem das Zielwasser derart, ich hab heut ein paar Mal danebengedonnert vor Rausch!

KZ-Kommandant *jovial:*
Wie heiße ich korrekt, Geigenbauer?
Geigenbauer
Herr Kommandant Niemand!
KZ-Kommandant
Niemand! Sie sind ja wahrlich sternhagelblau, Geigenbauer!
Niemann! Niemann! Niemann, heiße ich!
Schreiben Sie sich das hinter die Ohren, sonst laß ichs ich Ihnen eigenhändig in die Kopfhaut schnitzen!
Geigenbauer
Wird abgestellt auf immer und ewig!
KZ-Arzt
Geigenbauer, reißen Sie sich am Riemen!
KZ-Kommandant
Kommen wir zum Höhepunkt des heutigen Abends:
Die SS-Totenkopf-Funkenmariechen!
Er legt auf Grammophon Hohenfriedberger Marsch auf.
Auftritt von Christa, Judith und zwei anderen aus dem KZ-Bordell mit schwarzen Stiefeln, Strümpfen, Strapsen sowie SS-Jacke und Mütze.
Sie knicksen.
Im Stechschritt – Marsch! *Sie marschieren im Stechschritt.*
Geigenbauer
Hoch mit dem Arsch!
KZ-Arzt
Stellen sich an wie die Kühe zum Geigenspiel!
Geigenbauer
Keinen Rhythmus im Blut! Kommt her, ihr Küh! Euch fiedel ich morgen auf in aller Herrgottsfrüh.
KZ-Kommandant
Was soll dieser formlose Sauhaufen? So viel kann man beim Schafkopf gar nicht saufen ... Die letzten Bataillone waren aber besser, Geigenbauer!
Geigenbauer
Der Champagner war besser!

KZ-Kommandant
Geigenbauer! Abflug!
Geigenbauer *zu den Frauen:*
Daß ihr mich so in die Luft gehen laßt...
Geigenbauer torkelt ab.
KZ-Kommandant
Kann wenigstens eine von euch nähen?
Judith
Gewiß.
Die anderen SS-Totenkopf-Funkenmariechen ziehen sich diskret zurück.
Christa versteckt sich.
KZ-Arzt
Wollte nicht Frau Kommandant Niemann noch eine Injektion?
KZ-Kommandant
Richtig! Gehen Sie ruhig!
KZ-Arzt ab. Zu Judith:
Komm doch näher! Du kannst doch nähen?
Judith
Himmel und Hölle näh ich zusammen, jetzt in diesem Augenblick, wenn es sein muß!
KZ-Kommandant
Den roten Faden! Den roten Faden!
Das ist unsere Geschichte, unsere große Geschichte.
Er zwingt Judith, mit Nadel und rotem Faden den ersten Stich bei seiner Vorhaut zu machen.
Erster Stich: Polen.
Zuckt zusammen. Judith macht weiter.
Zweiter Stich: Dänemark...
Zuckt zusammen. Judith macht weiter.
Dritter Stich: Norwegen...
Zuckt zusammen. Judith macht weiter.
Vierter Stich: Holland...
Zuckt zusammen. Judith macht weiter.
Fünfter Stich: Frankreich...

Zuckt zusammen. Judith macht weiter.
Sechster Stich: Jugoslawien ...
Zuckt zusammen. Judith macht weiter.
Siebter Stich: Griechenland ...
Zuckt zusammen. Judith macht weiter.
Und nun Stalingrad: die Wende!
Ab jetzt werden wir geschlagen!
Er dreht sich um.
Und jetzt schlag mich! Damit!
Er nimmt sein Koppel ab.
Lies, was da steht ...

Judith
Gott mit uns!

KZ-Kommandant
Der Herr züchtige mich durch deine Hand.
Gott mit uns!

Judith
Du Gottseibeiuns!
Du Teufel, du, ich schlag dein Kreuz in Trümmer!

KZ-Kommandant
O ja! Schlag mich aufs Kreuz!
Schlag zu!

Judith
Und eins!
Sie verabreicht ihm Schlag mit Koppel.
Mitzählen!

KZ-Kommandant
Eins!
Sie schlägt ihn mit dem Koppel.
Zwei!
Sie schlägt zu.
Drei!
Sie schlägt zu.
Vier!
Sie schlägt zu.
Fünf!

Sie schlägt zu.
Sechs!
Sie schlägt zu.
Sieben!
Plötzlich geht das elektrische Licht aus.
Todesschreie des Kommandanten.
Lautsprecher
Achtung! Achtung!
Häftlinge auf der Flucht!
Wachmannschaften mit Hunden zum Haupttor!

Dunkel.

Die letzte Ehre

Getreidefeld wie bei Liebe ist gewaltiger als der Tod.
Im Hintergrund amerikanische Soldaten, mit MPs im Anschlag. Deutsche – darunter Geigenbauer – in Naziuniformen müssen Leichen ausgraben. Andere schauen zu. Christa ist unter ihnen.

Geigenbauer *für sich:*
Die sind gut achtzehn Tag tot:
Unsereins muß die ausgraben.
Wo jedes Schwein weiß,
daß die Toten umkommen sind.
Durch die Leut ringsherum.
Die Feuerwehr, der Volkssturm –
alle haben die ausgerissenen Häftling zur Strecke gebracht.
Niemand hat das befohlen!
Dem hier hat eindeutig eine Schrotflinten
den Schädel in Fetzen geschossen.
Und dem hier hat einer mit der Axt
Kerben in die Visagen geschlagen.
Und dem hat einer sogar das Geschlecht

wegrasiert mit was weiß der Teufel –
einer Schaufel am End.
Der Huberbauer hat einem,
wo Futterrüben aus seiner Futterkrippen gefressen hat,
mit dem Krötenstecher den Hals aufgeschlitzt.
Und die Huberbäuerin hat ihm mit dem Melkschemel
den Schädel zu Trümmer gedroschen!
Überall wo man auf sie getroffen ist,
hat man sie über den Haufen geschossen,
hat man ihnen mit der Schaufel das Hirn herausgehaut.
Nicht etwa im KZ.
Im Keller, in der Küche, in der Kirche.
Der Paul und der Milan haben sich in einer Gruft versteckt:
und sind entdeckt worden beim Friedhofsrundgang Allerseelen und abgeknallt auf geweihtem Erdreich!
Die Toten hab ich nicht auf dem Gewissen,
das war das deutsche Volk selber.
Niemand hat die alleinige Schuld!
Und trotzdem muß ich dran glauben.
Das soll Gerechtigkeit sein!
Ob ich mein Weib und meinen Buben noch einmal seh?
Den Toten muß das Gesicht gewaschen werden.
Das ist ja der Stephan: ein Mordstrumm Loch im Schädel!
Er entdeckt Christa in der Menge, die angesichts ihres toten Geliebten zu Stein erstarrt.
Christa! Christa! Du, du mußt vor Gericht aussagen für mich!
Ich, ich war doch immer gut zu dir!
Christa macht nur stumm das Kopf-ab-Zeichen.
Sodann werden die Toten in rohgezimmerten Doppelsärgen aufgebahrt.
Vor einem Feldaltar der Pfarrer II.

Pfarrer II

Früher wurden wir von der Pest heimgesucht, jetzt war es die braune Pest. Was sie angerichtet hat, sehen wir hier.
Wenn die Ratten ans Ruder kommen, so sinkt das Schiff des

Staates. Und es richten sich unsere Herzen wie Kompaßnadeln, vom Magneten überwältigt, in Richtung Hölle.

Junge II *als Ministrant mit dem Totenkopf aus Holz in der Hand für sich:*

Eine Knoblauchzehen hilft, sagt die Mutter – gegen den Leichengeruch.

Aber die ewigen Fliegen auf den Toten!

Ich erschlag eine jede, wo mir in die Quer kommt!

Er schlägt um sich.

Die Menge verläuft sich. Christa steht noch beim aufgebahrten Stephan.

Pfarrer II *zu Christa:*

Ich weiß eine Familie, wo Sie etwas zu Kräften kommen können.

Er zeigt auf den Jungen II.

Dunkel.

III. Allerseelen

Der jüngste Tag

Vorne rechts auf der Bühne: Ein Wochenbett, darin Katharina bei der Niederkunft.

Hebamme
Druck, druck!
Großmutter und Christa *im Chor:*
Drucken! Drucken!
Hebamme
Jetzt! Jetzt!
Großmutter
Fest! Fest!
Hebamme, Großmutter und Christa *im Chor:*
Drucken, Katharina, Drucken!
Drucken Drucken Drucken!
Plötzlich fällt links hinten auf der Bühne ein Schuß.
Im Licht des Mündungsfeuers erkennt man: Geigenbauer mit verbundenen Augen an einen Pfahl gefesselt, sackt, von Kugeln eines amerikanischen Exekutionskommandos getroffen, zusammen.
Junge II
Hab ich jetzt ein Geschwisterl kriegt?
Großmutter
Leider Gottes tot!
Der Herr hats gegeben,
der Herr hats genommen!

Dunkel.

Stern im Stein

Junge und Vater stehen im abgelassenen Teich und starren in die Restlache Fischwasser. Im Hintergrund geht Christa spazieren.

Junge II
Was macht jetzt die dürre Frau bei uns?
Wolfi
Wieder zu Kräften kommen.
Junge II
Und der große Fisch?
Wolfi
Das ist ein Hecht! Ein Teufelshecht! Kein einziger Karpfen mehr! Hat der Hecht alle gefressen! Kruzifix!
Der Vater versucht, den Hecht in die zwei Hände zu nehmen, jedoch die Kraft des Hechtes ist zu groß: Das Tier, ein zuckender Silberkeil, kommt ihm wieder aus.
Junge II *hat einen schwarzen, schlammumhüllten Brocken im Kescher und wuchtet ihn auf die Bühne:*
Ich hab noch einen Fisch gefangen!
Wolfi *lacht:*
Das ist kein Fisch!
Das ist ein Stein.
Junge II
Das ist kein Stein, das ist ein Stern.
Ich hab einen Stern gesehen im Teich.
Wolfi
Ja, Stern sind im Teich!
Junge II
Und der liebe Gott?
Wolfi
Der ist im Himmel.
Junge II
Und fällt irgendmal ein Stern aus dem Himmel?

Wolfi
Ein Stern nicht, allenfalls ein Stein.
Junge II *schlägt mit der stumpfen Schlagfläche einer Axt den Stein in Stücke. Ganz aufgeregt:*
Vater! Vater!
Wie ich, wie ich den Stein zerschlagen hab auf Stücklein, da ist fein ein Funken rausgesprungen.
Ist das der liebe Gott gewesen?
Wolfi
Wo denkst du wieder hin?!

Dunkel.

Sonnenblumen II

Im Schlafzimmer eine große Blechmilchkanne mit getrockneten Sonnenblumen. Der Junge II im Ehebett der Eltern.

Katharina
Der Bub hat alle unsere Sonnenblumen aufgehoben für dich!
Gelt, Bub, du freust dich, daß der Papa wieder da ist?
Junge II
Ja! Bloß ewig schad,
daß ich nimmer bei dir schlafen darf?
Katharina
Na, dafür hast jetzt ein eigenes Bett!
Und jetzt...
Junge II
Aber beten tun wir noch zusammen!
Alle *beten:*
Müde bin ich, geh zur Ruh,
schließ die müden Äuglein zu.
Vater, laß die Augen dein
über meinem Bettlein sein!

Wolfi
Und – wie ist es, Bub,
willst noch ein Geschwisterl?
Junge II
O ja!
Katharina
Na dann, geh jetzt, Bub.
Wolfi
Und mach die Tür zu.
Der Junge II macht jedoch die Tür von innen zu – und bleibt, von den Eltern unbemerkt, im Raum.
Katharina
Nicht so grob!
Wolfi
Ich bin total ausgehungert nach dir!
Katharina
Wie so ein Tier!
Wolfi
Kein Wunder!
Katharina
Hauptsach, du bist wiedergekommen!
Wolfi
Ich –
Katharina
Mach es wie die Sonnenuhr –
zähl die schönen Stunden nur.
Wolfi
Die Köpf von die Sonnenblumen –
die, die richten sich immer nach der Sonne.
Katharina
Da siehst dus!
Wolfi
Zwei Steinwürf vom Wald weg war ein Sonnenblumenfeld, in der Ukraine wo. Und wir sind den ganzen Tag im Wald gewesen und haben Schützenlöcher gegraben. Und dann ist der Angriff gekommen, und da bist wie in so einem Rausch. Und

brauchst, wenn es vorbei ist, Stunden bis du wieder auftaust aus der Versteinerung.
Und da, in dem Zustand hab ich gesehen, daß die Sonnenblumen wirklich die Köpf hängen lassen, wie die Sonne es befiehlt.
Wie so eine Kompanie Engel.
Sie lieben sich.
Wind kommt auf.
Es schneit herein.
Und es stellen sich – außer den Toten: Lazarus, Philomena, Engel, Stephan, Paul, Milan, Geigenbauer, KZ-Kommandant – mit Sonnenblumen wie Masken vor den Gesichtern, die Überlebenden: Christa, Judith, Kaiser, Kapo Grüner ein …
Es sieht sie nur der Junge.
Der tote Lazarus
Ich bin ein Feld voll Sonnenblumen, wo in hellen Flammen stehen.
Mit jedem Tier, dem ich den Tod gab, bin ich ein Stück gestorben, ein Stück auferstanden.
Der tote Engel
Wechselbalg: mal gut, mal böse – auf daß uns der Tod erlöse.
Der tote Paul
Der Stephan und ich uns auf einem Friedhof versteckt. Ein Grab ausgehöhlt und gehaust darin. Tag um Tag ist ein altes Mutterl gekommen ans Grab mit Blumen im Korb, wo Essen war für uns. Wir nachts heraus und ein, zwei deutschen Soldaten die Gurgel durch.
Der Stephan noch rechtzeitig Lunte gerochen – und wir sind abgezogen. Weil ein Landser hat es spitzgekriegt gehabt und eine Handgranate hineingehaut in unser Grab.
Der tote Milan
Oder wie wir in dem ausgestopften Adler vom Hirschenwirt eine Handgranaten versteckt haben – und wie die SS ihr Essen hineingeschlungen hat, sind die Federn geflogen.
Das war dir eine Gaudi!

Der tote KZ-Kommandant *singt:*
Stille Nacht, heilige Nacht...
Christa *zum toten Stephan:*
Mein Stephan! Weißt du noch? Im Kirchturm, in dem gottverlassenen Dorf, da wars so sauheiß, und ich gegen die große Glocken mich gelehnt und ewig tief mich gebeugt...
Und du hast mich geliebt, geliebt, geliebt! Bis alles gebebt hat in meinen Augen, der Friedhof unter mir direkt gelebt hat.
Der tote Stephan
Und der Klöppel ewig gekommen ins Schwingen
und die Glocke jählings ins Klingen...
Der tote Geigenbauer
Und ich ausgerechnet selber so zu Tod gekommen. Und ich weiß, was es heißt: Den Tod geben, die Welt durch eine Kugel auslöschen, im Kopf die Kimme, das Korn vor Augen.
Es zittert, wer das Schußloch ins Herz setzen muß. Voll Blut wird der Granit weich und durchlässig wie ein Brotlaib im Wasser.
Wie ich meine Mutter gefragt hab, woher Kinder kommen. Hat sie eines Tages einen Laib Brot ins Wasser geworfen. Herausgefischt und für mich eine Puppe geformt.
Und gelacht, wunderschön gelacht. Wie nur eine Mutter lachen kann.
Die tote Philomena
Im Augenblick des Todes steht alles in Weißglut, wie im Augenblick zuvor von Gott erst erschaffen. Jeglicher Gegenstand durch das Licht Gottes, das wie der Blitz in alles fährt.
Dein Opfer bin ich, Licht im Weizengelb, im Holundergrün gegen Granitrücken und im Purpur der Disteln auf Herzhöhe.
Wie lang war ich doch blind für dich, Licht. Und wie ewig hats dauert, bis ich rein bin für all die Schwingungen, die jetzt aus jedem Grashalm noch zukommen auf mich.
Aus dem Reigen der Toten lösen sich nun die Überlebenden, die ihre Gesichter mit Sonnenblumen verdecken.

Junge II
Und wie ist das mit dem Licht?
Christa
Was wollt ihr hier?
Judith
Dich besuchen!
Kapo
Der Bauernhof liegt doch so ruhig. Kein Dorf ringsherum. Die Telefonschnur ist durchgeschnitten. Wir rotten die ganze Brut aus.
Judith
Was ist ein wenig Schmuck schon für all das Leid und den Tod!
Für meinen toten Engel!
Christa
Nein!
Kaiser
Für deinen Stephan!
Christa
Nein!
Kapo
Wir rotten sie aus. Alle.
Judith
Den Buben nicht.
Kapo
Der Bub kann uns ans Messer liefern ...
Kaiser
Der Bub ist die einzige Hoffnung überhaupt!
Vielleicht wird die nächste Generation anders.
Kapo
Alle, alle müssen sie dran glauben! Die Pest wird sich weitervererben.
Da kann unsereins Gift drauf nehmen.
Kaiser
Das Weib?

Kapo
Alle!
Christa
Nein!
Plötzlich nehmen drei die Sonnenblumen vom Gesicht: Es sind Kaiser und Judith und der Kapo Grüner. Dieser zielt mit einem Revolver auf Wolfis Kopf.
Wolfi
Nicht vor den Augen meiner Frau!
Junge II
Papa!
Wolfi
Nicht vor den Augen...
Katharina
Nein!

Wolfi wird erschossen.

Dunkel.

Der jüngste Tag II

Großmutter und Hebamme im Chor
Drucken, Katharina, Drucken!
Katharina
Ist es etwa wieder tot?
Großmutter und Hebamme im Chor
Drucken! Drucken!
Katharina
Ist es wieder tot?
Großmutter und Hebamme im Chor
Jetzt drucken! Drucken!
Jetzt! Jetzt!
Schrei eines Kindes.
Dunkel.

Sternenhimmel wie am Anfang.

Christa/Stimme

Vater, auf welchem Stern bist du jetzt?

Vorhang

Wondreber Totentanz, Bildtafel 1

Werner Fritsch
Golgatha

Mitarbeit
Anke Schlennstedt, Andreas Böttcher, Andreas Kebschull

Figuren

Pastor Kurt – Endfünfziger
Wolfram – Mittvierziger
Martin – Mittzwanziger
Junge Frau/Konstanze/
Psychiaterin – Mittzwanzigerin
Frau mit Schleier (Corinna) – Endfünfzigerin

Stimmen

Corinna – Ehefrau des Pastors
Heidi – Weiblicher Häftling
Aufseher – Mittvierziger
Pastor Liebmann – Pastor in Dresden
Fernsehsprecher
Kirchenchor
Chor der guten Zungen – mit Fernsehakustik
Chor der bösen Zungen – mit Fernsehakustik, elektronisch verfremdetes Flüstern

Die vier Lautsprecher A, B, C und D sind angebracht in der Gestalt eines »akustischen Kreuzes«.
Lautsprecher A hinter der Bühne.
Lautsprecher B im Zuschauerraum hinten.
Lautsprecher C links vom Zuschauer.
Lautsprecher D rechts vom Zuschauer.

Ort: Gefängniszelle. In der Mitte ein Tisch, ein Stuhl, Schreibpapier, eine Kerze. Im Hintergrund: In der Mitte das Bett des Pastors, ein Lokus, ein Waschbecken, ein Wandspiegel. Links das Bett Wolframs, rechts dasjenige Martins.

Zeit: Gegenwart

Dunkel: Ich muß dich sehen

Es ist dunkel.
Anfang und Schluß der Arie »Schlummert ein« von Johann Sebastian Bach, BWV 82, erklingen.

Bass/Stimme
Schlummert ein, ihr matten Augen, fallet sanft und selig zu ...
Die Musik geht über in das Herabdonnern eines Steinschlags.
Pastor/Stimme
C-o-r-i-n-n-a!!!
Corinna/Stimme
K-u-r-t!!!
Pastor/Stimme
Es bebt, das Gebirge: Und die Felsen fallen über uns!
Corinna/Stimme *Höhlenakustik bei anhaltendem Steinschlag:*
Kurt, du hast mir das Leben gerettet.
Wo sind wir überhaupt?
Pastor/Stimme
In Sicherheit.
Corinna/Stimme
Ich seh hier nur Dunkel. Wo sind wir jetzt?
Pastor/Stimme
In Amerika, Corinna!
Corinna/Stimme
Ach, dann war alles nur ein Traum?
Pastor/Stimme
Was hast du wieder geträumt?
Corinna/Stimme
Furchtbar!
Pastor/Stimme
Erzähl!
Corinna/Stimme
Nein!

Pastor/Stimme
So erzähl doch!
Corinna/Stimme
Nein!
Pastor/Stimme
Jeder Traum hat seine Wahrheit!
Corinna/Stimme
Aber wenn sie schrecklich ist!
Pastor/Stimme
Nur wenn dus erzählst, ist der Schreck weg!
Corinna/Stimme
Kurt – du hast mich in diese Höhle...
Pastor/Stimme
Ich liebe dich!
Das Lied »From The Darkness To The Light« von Gary Floyd (Dead & Gone II – Trikont) erklingt im Dunkeln.
Anfangs unkenntlich, nach dem Lied immer aufdringlicher: Das Rasseln einer Klapperschlange.
Pastor/Stimme
Vorsicht, Corinna! Eine Schlange!
Corinna/Stimme *schreit:*
Hier! Hier! Hier! Die Wunde! Die Wunde! Der Biß! Der Biß! Saug die Wunde aus, Kurt.
Pastor/Stimme
Wo?
Corinna/Stimme
Hier! Hier!
Pastor/Stimme
Ich kann nicht, Corinna!
Corinna/Stimme
Kurt, saug die Wunde aus!
Pastor/Stimme
Unmöglich!
Corinna/Stimme
Kurt, ich sterbe!
Pastor/Stimme
Ich kann nicht, Corinna! Meine wunde Mundhöhle!

Corinna/Stimme
Kurt, ich sterbe!
Pastor/Stimme
Corinna! Meine Mundhöhle ist total wund! Einer muß doch auf den Beinen bleiben.
Corinna/Stimme
Kurt, ich . . .
Pastor/Stimme
Wenn ich dein Gift aussauge mit meinem Mund, gehen wir beide zugrunde. Und ich kann keine Hilfe holen.
Corinna/Stimme
Kurt, ich . . . Ich bin wie in Milch gestürzt.
Und die ist voll schwarzer Nadeln!
Pastor schreit und beginnt noch im Dunkeln zu laufen. Man hört seine Schritte, weiter hinten die Schritte Corinnas.
Pastor *schreit:*
Corinna! Corinna! Corinna!
Corinna/Stimme *aus Lautsprecher A:*
Du darfst dich nicht umdrehen!
Pastor
Ich muß!
Corinna/Stimme *aus Lautsprecher A:*
Du darfst dich nicht umsehen!
Pastor
Ich muß! Ich liebe dich!
Corinna/Stimme *aus Lautsprecher A:*
Nein!
Pastor
Ich muß dich sehen!
Corinna/Stimme *aus Lautsprecher A:*
Nein!
Pastor
Ich muß . . .
Corinna/Stimme *aus Lautsprecher A mit Hall:*
N-e-i-n!!!

Dunkel.

Chöre derer, die sich die Zungen zerreißen

Aus dem Dunkel plötzlich zu hören: die Chöre der Zungen.
Der Chor der guten Zungen kommt aus dem Lautsprecher A am Bühnenhintergrund: Die Stimmen in Fernsehakustik, sonst ohne Verfremdung.
Der Chor der bösen Zungen kommt aus dem Lautsprecher B des Zuschauerraums: Die Stimmen – als wären es Gedanken der Zuschauer – elektronisch verfremdet und im Flüsterton.
Der Pastor leuchtet mit Taschenlampe immer in alle Richtungen der Bühne – auch nach oben, sofern die guten Zungen aus dem Lautsprecher A kommen.
Falls jedoch die Stimmen aus dem Lautsprecher B kommen, leuchtet er prüfend von Zuschauer zu Zuschauer – ganz so, als ob er denjenigen entdecken wollte, der den gehörten Gedanken gerade denken könnte ...

Chor der guten Zungen
Eine Tragödie.
Chor der bösen Zungen
Er spielt eine Komödie.
Chor der bösen Zungen, männlich
Nicht irgendeine beliebige Komödie.
Chor der bösen Zungen, weiblich
Er glaubt an das, was er sagt.
Chor der bösen Zungen, männlich
Er war immer schon erfüllt von Allmachtsphantasien.
Chor der guten Zungen
Seine Strafe macht er allein mit Gott aus.
Chor der bösen Zungen
Er war es eindeutig.
Chor der bösen Zungen, männlich
Er hat sie abgemurkst, seine Corinna.
Chor der guten Zungen
Seine Schuld ist nicht erwiesen.

Chor der guten Zungen, männlich
Er hat seine Frau aus ganzem Herzen geliebt. Das kann ich bezeugen.
Chor der bösen Zungen
Seine Augen sind kalt und berechnend.
Chor der bösen Zungen, weiblich
Richtig unheimlich...

Dunkel.

Gebet

Der Pastor zündet eine Kerze an. Er scheint zu schreiben. Seine Stimme ist jetzt ohne falsches Pathos.

Pastor
Corinna, ich weiß, du bist mir nah. Sowie ich die Augen schließe, sehe ich dich. Ich höre deinen Atem. Dein Blut fließt durch mein Herz!
Er weint.
O Herr, vergiß nicht unsere Kinder: In Kürze ist der gesamte Planet: Asche, durch und durch verstrahlt.
Warum registriere nur mehr ich dergleichen? Warum weichen alle dem Untergang, den wir Tag für Tag heraufbeschwören, aus – durch Amusement bis in den Tod?
Wer hat noch ein Jota übrig für die Armen – nicht nur im Geist? Wer hat überhaupt noch Erbarmen in sich? Wer weiß noch: Ihrer ist das Himmelreich.
Die Marktwirtschaft, abgekoppelt vom sozialen Gefüge, dreht sich immer schneller in einer Zentrifuge der Zerstörung. Jetzt, wo der Sozialismus von der Bildfläche verschwunden ist, treffen die Prophezeiungen zu von Karl Marx. Der Kapitalismus überzieht, einem Krebsgeschwür gleich, die Erde Tag um Tag mit Krieg, Konzernen und Kohlenmonoxid.

Ich ersticke. Mir zerreißt es die Seele. Die Welt ist vor dem sicheren Untergang nicht zu retten, ja nicht einmal die Seelen. Ich bete in Worten des Friedens: Mord und Totschlag jedoch sind die Grammatik der Welt. Aber auch in den Gottesdiensten schlägt Dein Wort keine Funken mehr aus den Steinen in unserer Brust.
In der Tat: Ich habe genug. Ich weiß nicht mehr weiter. Ich bin mir abhanden gekommen: Wasser und Brot – es wäre besser, es gleich der Kanalisation zu überantworten. Ohne daß ichs noch verwandelte in Urin und in Kot.
Und doch leg ich mein Leben in Deine Hand. Denn Du, o Herr, weißt um alles in mir: Ich sitze oder stehe auf, so weißt Du es. Du verstehst meine Gedanken von ferne. Ich gehe oder liege, so bist Du um mich und siehst alle meine Wege.
Denn siehe: Es ist kein Wort auf meiner Zunge, das Du, o Herr, nicht schon wüßtest. Von allen Seiten umgibst Du mich und hältst Deine Hand über mich. Wohin soll ich gehen vor Deinem Geist, und wohin soll ich fliehen vor Deinem Angesicht?
Führe ich gen Himmel, so bist Du da; bettete ich mich bei den Toten, siehe: so bist Du auch da. Nähme ich die Flügel der Morgenröte und bliebe am äußersten Meer, so würde auch dort Deine Hand mich führen und Deine Rechte mich halten.
Spräche ich: Dunkelheit möge mich decken und Nacht statt Licht um mich sein, so wäre auch Dunkelheit nicht dunkel bei Dir, und die Nacht leuchtete wie der Tag, Dunkelheit wie das Licht.
Corinna, wie hätte ich dich töten können, mein Licht in der …

Wolfram *leuchtet ihm mit der Taschenlampe ins Gesicht:*
Herrscht jetzt eine Ruh hier! Herrgott nochmal!

Martin
Der hat ja … *Zum Pastor:* Du hast ja ein Wahnsinns-Gebiß!

Pastor
Fehlanzeige! Ich habe noch alle Original-Zähne.

Martin

Das mein ich ja. Ich schau mir das Gebiß von einem Menschen an. Dann weiß ich, wen ich vor mir hab, auf einen Schlag.

So ein Gebiß wie du – Raubtiernatur total. Ein Gebiß – wie der Teufel.

Pastor

Der Teufel?

Martin

Du betest zu Gott – und bist ein Teufel. Und ich bet zum Teufel und bin wie ein Gott für dich: Fall auf die Knie vor mir!

Pastor lacht.

Pastor *für sich:*

Ich verstand die Versuchungsszene nie: Was soll Christus in der Wüste gewinnen, wenn ihm – als dem Sohn Gottes – alle Reichtümer der Welt geschenkt würden, geschweige wenn er sich vom Berg stürzte.

Laut:

Vor Totschlägern und Hurenböcken?

Wolfram *zum Pastor:*

Reiß dein Maul noch ewig auf, dann reiß ich dir was andres auf.

Pastor

Jeden Augenblick werde ich aus diesem Alptraum erwachen und über Witzfiguren wie euch lachen!

Wolfram

Gosch!

Pastor

Sie, König über Huren aus aller Herren Länder!

Wolfram

Ich bin Geschäftsmann! Und katholisch: Da hat ein Pfarrer kein Weib.

Zum Zeittotschlagen.

Pastor

Welche Gesellschaft für einen Mann Gottes!

Wolfram
Tatatata: Dein Jesus war auch mitten unter Nutten und Zuhältern am herzallerliebsten.
Pastor
Wenn sich einige in seinem Namen versammelt haben: ist er mitten unter ihnen.
Martin und Wolfram *im Chor:*
G-O-S-C-H!!!
Pastor
Aber Sie zwei ziehen eher den Teufel an.
Wolfram *zum Pastor:*
Und der bist du?
Martin
Nein, die Rolle ist bereits vergeben!
Wolfram
He, Gottesmann: Der Jesus war doch ewig gut drauf. Ist umeinandergezogen in so Jesuslatschen, seine Jünger ringsherum. Der hat doch ab einem bestimmten Bekanntheitsgrad nirgends nichts zahlen müssen. Der hat überall gegessen und getrunken umsonst. Überall gern gesehen.
Hat eine Hur gehabt, wo ihm Balsam über den Kopf geschüttet hat. Oder über die Füß?
Pastor
Maria von Magdala!!!
Martin
Ist mir original wurscht, wie die jüdische Regimentshur geheißen hat.
Pastor
Sie wollen was von Geschichte verstehen? Ihre Argumente lassen auf Sonderschulabschluß schließen!
Martin
Du mußt schön dein Maul halten. Weil ich weiß, was ich weiß.
Pastor
Einen feuchten Kehricht wissen Sie!
Martin
Weil das die Wahrheit ist, was im Fernseher kommt.

Wolfram
Die Wahrheit – weiß der Teufel!
Pastor
Fernsehen ist ein Projekt bereits der Nazis, Lügen zu verbreiten, und die Leute zu manipu –, zu, zu verdummen.
Martin
Die Nazis – und dumm!?
Pastor
Schweigen Sie!
Martin
Du hast doch deine Mutti abgemurkst. Eine Deutsche!
Ich hab bloß eine Fidschifotze abgefackelt!
Wolfram *zu Martin:*
Wer nicht ficken will mit dir, soll im eigenen Saft schmoren oder wie?
Martin
Ich fick doch kein Fidschiloch.
Wolfram
Weil du nichts als Scheiße im Kopf hast.
Martin
Ich fick auch kein schwarzes Loch...
Zum Pastor:
Aber die Mutter meiner Kinder umwuchten: eine Deutsche – das ist das letzte! Pfui Teufel!
Er spuckt vor dem Pastor aus.
Pastor
Schweigen Sie! Schweigen Sie ja!
Wolfram
Soll ich ihm das Maul stopfen, Herr Pastor?
Pastor ist hin- und hergerissen.
Wolfram zwingt Martin in die Knie.
Wolfram
Dem ist das Maul gestopft! *Zum Pastor:*
Und mit Ihrem Segen!
Pastor
Also, ich...

Wolfram
Das dreckige kleine Nazimaul!
Pastor
Also, das ist ja seinerseits faschistisch! Ihrerseits!
Hören Sie auf! Hören Sie augenblicklich auf!
Wolfram
Geht nicht, solang ich komm!
Pastor
Aufhören, Herrgott nochmal!
Wolfram
Ist doch nur a kleine Naziwanzen!
Pastor
Aufhören! *Schreit:*
Wache! Wache!
Man hört Schritte einen Gang entlangschlurfen, Schlüsselklappern.
Die beiden greifen nun nach dem Neuen Testament des Pastors, reißen Seiten heraus, lesen eine zufällige Zeile vor, knüllen das Papier zusammen und stopfen es dem Pastor in den Mund.
Martin *liest*:
Ich bin nicht gekommen Frieden zu bringen,
sondern das Schwert.
Aufseher/Stimme
Ist was?
Martin
Bibelstunde!
Wolfram
Alles in Ordnung...
Halblaut: Herr Orsch!
Alles friedlich,
Halblaut: Herr Friedrich!
Die Schritte schlurfen wieder fort.

Dunkel.

Sozialismus oder Barbarei

Ein Fernsehschirm flackert auf.
Davor, wie Silhouetten, der Pastor und seine Frau. Man sieht eine Montagesequenz historischer Aufnahmen aus dem Film DEUTSCHLAND IM HERBST.
Zu sehen sind: Arbeiter an Hochöfen, Aufmärsche der Kommunisten etc.
Zu hören, in einer ungewöhnlich sanften Einspielung, das Lied:

Es steht ein Mann, ein Mann so fest wie eine Eiche.
Er hat gewiß, gewiß so manches schon erlebt.
Vielleicht ist er schon morgen eine Leiche –
Wie es so vielen Freiheitskämpfern geht!
Vielleicht ist er schon morgen eine Leiche –
Wie es so vielen Freiheitskämpfern geht!

Auf, auf zum Kampf, zum Kampf,
Zum Kampf sind wir geboren!
Auf, auf zum Kampf, zum Kampf,
Zum Kampf sind wir bereit:
Dem Karl Liebknecht, dem haben wirs geschworen,
Der Rosa Luxemburg reichen wir die Hand.

Später erklingt das Deutschlandlied.
Zu sehen sind: Soldaten unter Galgen, woran Häftlinge baumeln im Eiswind.

Fernsehsprecher
Rosa Luxemburg sagt vor ihrem Tod: Es gibt nur eine Alternative für Deutschland – Sozialismus oder Barbarei.
Dann wird der Fernsehschirm dunkel. Nur das »Poco adagio cantabile« aus dem »Kaiserquartett« von Joseph Haydn grundiert weiterhin das Gespräch.

Pastor
Ja, das ist es, Corinna! Millionen Menschen sehen jetzt diese Bilder ...
Corinna/Stimme
Träumerle! Wir haben doch drei Programme.
Pastor
Trotzdem: Solche Bilder werden die Menschen erschüttern, die toten Seelen aufrütteln!
Corinna/Stimme
Die Leute sind dumpf, satt, stumpf. Die Politiker kaputt, korrupt und vollgefressen!
Pastor
Aber, hast du das nicht eben gesehen? Das muß doch etwas bewegen!
Corinna/Stimme
Du machst dir was vor! Siehe: Finsternis bedeckt die Erde ...
Pastor
... und Dunkelheit die Nation.
Corinna/Stimme
Und du?! Predigst den Aufruhr, die Anarchie – das Ende des Liedes ist die Diktatur.
Pastor
Was ich euch im Dunkeln sage, das sprecht im Lichte aus ...
Corinna/Stimme
Ich aber bin froh um unsere Demokratie.
Pastor
Demokratie!
Corinna/Stimme
Was hast du jetzt gegen Demokratie? Du widersprichst dir in einer Tour!
Pastor
Dir?
Corinna/Stimme
Dir! Demokratie ...
Pastor
Demokratie – haben die Deutschen doch nur aufoktroyiert gekriegt – durch die Amerikaner!

Corinna/Stimme
Keine Flugblattparolen, bitte, Herr Pastor!
Pastor
Die, die Rüstungsmagnaten peitschen alles hoch, weil sie ihre Arsenale nicht verschrotten wollen!
Corinna/Stimme
Dann geh doch rüber in deine geliebte DDR! Die rüsten auch auf Teufel komm raus!
Pastor
Keine Stammtischparolen, Corinna, bitte!
Corinna/Stimme
Dann schließ dich doch der a-n-d-e-r-e-n Pastorentochter an: deiner Revoluzzer-Gudrun und ihrem Todeskommando! Du wirst uns noch ins Unglück stürzen!
Pastor
Ich? Der Staat...
Corinna/Stimme
Sei froh um diesen Staat, selbst du darfst deine Meinung sagen, sogar von der Kanzel herab!
Pastor
Ich bin nicht gekommen Frieden zu bringen, sondern das Schwert. Matthäus 10, 34.
Corinna/Stimme
Denn alle, die zum Schwerte greifen, werden durch das Schwert umkommen. Matthäus 26, 52.
Pastor *schweigt verlegen, dann von oben herab:*
Schwert – bei Matthäus 26, 52 im Sinn von Krieg und Mord!
Corinna/Stimme
Und der Mord an Schleyer?!
Pastor
Und der Mord an...
Corinna/Stimme
Schweig!
Pastor
Werde ohnehin bald mein Amt niederlegen müssen! Der Verfassungsschutz hat mich gewiß bereits im Aug!

Corinna/Stimme
Kurt, bitte!
Pastor
Telefon wird abgehört – unter Garantie! Meine Predigten mitstenographiert!
Corinna/Stimme
Von unseren Gesprächen mit DDR-Pastoren in Dresden gibt es gewiß auch Protokolle der Stasi!
Pastor
Die DDR ist die gerechte Quittung für unsere Geschichte!
Corinna/Stimme
Keine Flugblattlyrik, bitte!
Pastor
Weißt du nicht mehr, wie wir mit deinem Vater in Auschwitz um Aussöhnung ... Keine Unterstützung von Adenauer! Nur die DDR hat aus unserer gemeinsamen Geschichte die Konsequenzen gezogen!
Corinna/Stimme
Die bespitzeln selbst und grade Pastoren! Pastor Liebmann hat doch immer so die Augen aufgerissen, wenn du irgend etwas für ihn Verfängliches ausposaunt hast am Lagerfeuer in Dresden!
Pastor
Du träumst!
Corinna/Stimme
Du hast den einen oder andern deiner Kollegen in der DDR vielleicht ans Messer geliefert – durch deine politische Blauäugigkeit!
Pastor
Corinna, du, du, du weißt, wofür ich kämpfe ...
Corinna/Stimme
Mir machst du doch nichts mehr vor: Es geht dir doch in allem nur einzig allein um dich. Um dein kleines eitles Ego.
Ich aber falle nicht auf die Knie vor dem Götzenbild »Pastor Kurt«.
Ich bin nicht wie deine Schafe ...

Pastor
Du hältst es mehr mit den Böcken.
Corinna/Stimme
Ich warne dich! Ich lasse dich auffliegen!
Sowie mir wieder was zu Ohren kommen sollte!

Dunkel.

Ray of Light

Das Lied »Ray of light« von Madonna. Der Pastor wird von einer auf Madonna getrimmten jungen Frau im freizügigen, goldglitzernden Techno-Kostüm umtanzt.

Junge Frau
Kommen Sie, Pastor.
Pastor
Wohin?
Junge Frau
Kommen Sie! Vertrauen Sie mir blind!
Pastor
Wohin in Gottes Namen?
Junge Frau *flüstert:*
Aufs Weiberklo!
Pastor
Nie im Leben!
Junge Frau
Komm schon. Kurt! Da steht so ein ultrascharfer Spruch.
Pastor
Mene tekel upharsim?
Junge Frau *ist kurz verwirrt, dann:*
Mußt du lesen. Kannst du volle Pulle einbauen in deine Predigt.
Lichtwechsel.

Pastor

Liebe Gemeinde!

Gottes Erkenntnis wird einem oft zuteil in den unwillkürlichsten Augenblicken, an den ungebührlichsten Orten: Vor kurzem sah ich an einer gewissen Wand – schwarzer Filzstift auf Kalkweiß – über meinem Spiegelbild die Worte:

Gott ist tot. In Klammern: Nietzsche.

Nietzsche ist tot. In Klammern: Gott.

Aber haben, so frage ich Sie, liebe Gläubige, haben wir nicht in der Tat Gründe, tiefere Gründe, als es die dürren Worte eines Philosophen sind, zu glauben, daß Gott tot ist? Daß Gott schweigt?

Just, als ich über diese Dinge nachdachte – es ging bereits gegen Morgen, die Vögel sangen, und es begann hell zu werden am Horizont – sah ich, wie ein Lastwagen der Müllabfuhr vor meinem Fenster stand: Rauch aus dem Auspuff des Lasters hinterließ einen Rußfilm auf dem Kopfsteinpflaster...

Und plötzlich schoß mir durch den Kopf: Wie mag dies vor jetzt gut sechzig Jahren gewesen sein, als auch Lkws mitten in der Nacht hielten und deutsche Männer mit Maschinenpistolen und Schäferhunden unsere jüdischen Mitbürger einluden wie Vieh, das seinem Tode entgegenfuhr?

Da fragte ich mich, hätte ich da noch ruhig schlafen können? Hätte ich da die Kraft gehabt, diesem ungeheuren Unrecht zu wehren? Hätte ich die Konsequenz gehabt, für meine Haltung ins KZ zu gehen? Hätte ich das Leben meiner Frau, meiner Kinder dergestalt gefährden können? Oder hätte ich nicht zu Tode betrübt geschwiegen?

Nun, wir wollen in einer Minute des Schweigens all der unschuldigen Menschen gedenken, die Opfer eines Unrechtsstaates geworden sind, und uns im Stillen prüfen, ob wir die Kraft gehabt hätten, Gottes Weg zu gehen.

Eine Minute Stille.

Junge Frau

Bravo, Pastorchen. Jetzt hast du uns aber heimgeleuchtet! Wow!

Es ist still, das Licht wird schummrig.

Pastor

Wer bist du?

Junge Frau

Ich bin die Magd.

Pastor

Wer?

Junge Frau

Maria von …

Pastor

… Magdala!

Junge Frau

Setz dich. Mach die Augen zu.

Der Pastor setzt sich, schließt die Augen.

Lehn dich zurück.

Die junge Frau löst ihr Haar, kniet sich nieder, zieht des Pastors Schuhe und Strümpfe aus und netzt seine Füße mit Tränen.

Pastor

Aber nein, Kind, das geht doch nicht!

Junge Frau

Ruhig Blut, Kurt. Entspann dich! Ich habe zarte Hände.

Sie trocknet die Füße des Pastors mit ihren Haaren. Sodann küßt sie sie.

Ich habe zarte Lippen.

Pastor *für sich:*

Zarte Lippen hat der Tod.

Das Lied von Madonna: Das Licht wird schummrig. Die junge Frau steigt auf den Schoß des Pastors. Der Pastor heult haltlos.

Junge Frau

Laß dich fallen! Ich umfange dich auf immer und ewig.

Pastor

Ich gefalle Ihnen?

Junge Frau

Jeder Mann sieht auf seine Art gut aus.

Pastor
Ich finde, ich sehe gut aus. Ich betrachte mich oft im Spiegel.
Junge Frau
Weit gefehlt. Deine Stimme ist dein Kapital: so sanft, so liebevoll. Jedes Wort ein wunderbares Versprechen.
Pastor
Ich liebe dich.
Junge Frau
Sieh mir ins Gesicht. Gib mir einen Namen.
Pastor
Corinna!
Junge Frau
Ich bin die, die dich für den Bruchteil einer Sekunde alles vergessen lassen kann.
Pastor
Wer bist du?
Junge Frau
Ich bin jetzt ein Teil von dir.
Sie küssen sich und frieren ein. Es erklingt, gesungen von einem in einer Kirche aufgenommenen Chor, das Lied: O Haupt voll Blut und Wunden!
Gemeinde – *Kirchenakustik:*
O Haupt voll Blut und Wunden,
Voll Schmerz und voller Hohn,
O Haupt, zu Spott gebunden
Mit einer Dornenkron,
O Haupt, sonst schön gezieret
Mit höchster Ehr und Zier,
Jetzt aber hoch schimpfieret,
Gegrüßet seist du mir!

Du edles Angesichte,
Dafür sonst schrickt und scheut
Das große Weltgewichte,
Wie bist du so bespeit;
Wie bist du so erbleichet!

Wer hat dein Augenlicht,
Dem sonst kein Licht nicht gleichet,
So schändlich zugericht.

Dunkel.

Stimmen

Dunkel: Eine Spülung ist zu hören.
Der Pastor schließt den Deckel des Zellenklosetts.
Er wäscht sich die Hände.

Pastor *riecht an seinen Händen:*
Zitronenkernseife wie in der Kindheit.
Wolfram *nimmt Taschenlampe, leuchtet Pastor an, dann Waschbecken und Klosett. Er springt von seiner Pritsche auf, läuft zum Klosett, öffnet den Deckel. Inhaliert, indem er sich Luft mit den Händen in die Nasenflügel fächelt.*
Sie sind wahrlich ein besserer Mensch als wir, Herr Pastor: Die Wohlgerüche Arabiens sind buchstäblich im Raum!
Martin
Und sind Bibelsprüch als Klopapier gleich aus Ihrem Arschloch gekommen, Herr Pastor?
Jaja, wer das Schwert liebt ...
Wolfram schließt theatralisch den Klosettdeckel und klopft dreimal im Dreierrhythmus drauf. Schließlich öffnet er ihn und spricht hinein.
Wolfram
Hallo, Heidi! Heidi!!
Heidi/Stimme *aus dem Lokus:*
0190 – 69 69 69. Wer spricht?
Wolfram
Der Genius Lokalus!
Martin
Und ich bin der Geist, der jedem in die Eier beißt, der kluge Sprüche sch ...

Heidi/Stimme
Gibs mir, ich sitze ober dir.
Pastor
Was ist das?
Ich glaube, ich träume!
Wolfram
Das ist mein Liebestelefon: Die Weiber sind im Stockwerk über uns.
Heidi/Stimme
Jag mir deinen Feuerwerkskörper schon hoch, Wolfi!
Wolfram
Mein Feuer ist fein ewig heiß. Das verbrennt dich inwendig in der Brust. Im Herz und überall!
Heidi/Stimme
Wirst schön dumm schauen, wenn ich zu dir komm in allen Farben. Da ist ein Regenbogen ein Dreck dagegen. Wirst sehen!
Wolfram *zum Pastor:*
Und das ist die Heidi. Meine Zuckerschnecke!
Martin
Das ist nur ein Hirngespinst von ihm! Über uns sind nie im Leben Weiber!
Höchstens unter uns!
Wolfram
Unter uns ist nur höchstens ein Weib, und das heißt Martin!
Martin
Hirngewichs, sonst nichts!
Pastor
Und was hab ich da soeben vernommen?
Heidi/Stimme
Wolfram! Wolfram! Wolfram!
Ruf an! Ruf an, bevor du kommst!
Wolfram
Arschklar! Unter Garantie! Wie immer: Total unter Strom!
Bis ich komm.
Bis gleich. Bussi!

Heidi/Stimme
Bussi!

Dunkel.

Das Lied »From The Darkness To The Light« von Gary Floyd erklingt.

Corinna, weißt du noch

Pastor
Corinna, weißt du noch …
Weißt du noch …
Corinna/Stimme
Wie das Gras roch, und die Kornblumen glitzerten damals …
Pastor
… im Gewitterregen.
Corinna/Stimme
Wie Diamanten. Und wie die Glockenblumen zitterten. Und Himmel und Erde schienen verbunden durch die Silberdrähte des Regens.
Pastor
Und ich küßte dir die Feuchte aus den Augen.
Corinna/Stimme
Und wie wir uns liebten im Mohn.
Die Samenkapseln, die schlugen im Wind zusammen – wie so Salsa –, wie Rumbakugeln.
Pastor
Und wie ich deine Kleider zusammenklaubte – im Sonnenblumenfeld.
Corinna/Stimme
Plötzlich schlug es bei mir ein wie der Blitz: Wir sind von nun an nicht mehr allein.
Pastor
Und ich brachte dir ja dann auch eine Sonnenblume ans Kindbett!

Corinna/Stimme
Ach, Kurt.

Dunkel.

Chöre derer, die sich die Zungen zerreißen II

Der Pastor leuchtet wiederum mit Taschenlampe immer in alle Richtungen der Bühne – auch nach oben, sofern die guten Zungen aus dem Lautsprecher A kommen.
Falls jedoch die Stimmen aus dem Lautsprecher B kommen, leuchtet er prüfend von Zuschauer zu Zuschauer – ganz so, als ob er denjenigen entdecken wollte, der den gehörten Gedanken gerade denken könnte ...

Chor der bösen Zungen, männlich
Der wars.
Chor der guten Zungen
Er war es nicht.
Chor der guten Zungen, männlich
Das sieht man allein an seinen Augen.
Chor der guten Zungen, weiblich
Er hat so was Verlorenes im Blick.
Chor der bösen Zungen
Hat seine Frau betrogen.
Chor der guten Zungen
Er war ihr treu – bis daß der Tod ...
Chor der bösen Zungen, männlich
Und dabei ist das so ein häßlicher Mensch. Ich weiß gar nicht, was die Frauen an ihm gefunden haben.
Chor der bösen Zungen, weiblich
Sexsucht – wie ein Schwein. Ich sag das jetzt so. Wenns nach mir ginge: Ich bin für Todesstrafe. Auge um Auge, Zahn um Zahn.

Chor der guten Zungen
Ich weiß todsicher, er war es nicht.
Chor der guten Zungen, weiblich
Das lese ich in seinem Gesicht, in seinen Augen.
Chor der guten Zungen, männlich
Und in seinen Briefen aus dem Gefängnis.

Dunkel.

Der Mörder in dir

Neonlicht, nicht zu hell. Links im Bett liest Wolfram, rechts im Bett döst Martin, in der Mitte sitzt der Pastor und versucht zu schreiben.

Martin
Schreibst ihr einen Brief wohl – ins Jenseits?
Pastor
Leider Gottes haben die Medien meinen Fall ausposaunt …
Aber ihr, warum seid ihr hier?
Martin
Auch die Fidschifotze, die ich abgefackelt hab in Halle, ist durch die Medien gegeistert: von Merseburg bis Budapest!
Pastor *zu Wolfram:*
Und Sie? *Wolfram reagiert nicht.*
Warum sind Sie hier?
Wolfram
Das geht dich einen Dreck –
Pastor *zu Martin:*
Was hat er nun verbrochen, der?
Martin
Seine Alte wurd gefunden im elektrischen Bett von einem Zuhälter: mausetot. Die Brüst brutal abgesäbelt.
Wolfram *zu Martin:*
Soll ich dir deine beschissene Plauderfotze wieder stopfen?

Martin
Hab heut schon genug gekotzt!
Wolfram
Ich jedenfalls bin unschuldig! Unschuldig! Unschuldig!
Pastor *gibt die Schreibversuche auf und liest nun im zerschlissenen Neuen Testament: Seine Lektüre hört man als Flüsterstimme über Lautsprecher:*
Einer aber von den Verbrechern, die da hingen an Kreuzen links und rechts von ihm, lästerte ihn: Bist du nicht der Messias?! Hilf dir selbst und uns!
Doch der andere wies ihn zurecht und sagte: Nicht einmal du fürchtest Gott, da du die gleiche Strafe leidest. Wir zwar mit Recht, da wir empfangen, was unsere Taten verdienen …
Wolfram
Schau, was ich les!
Er hebt ein Buch, das wie ein Neues Testament aussieht, hoch.
Pastor
Das Wort Gottes?!
Wolfram
Ha! Nur der Schutzumschlag! Alles Fassade! Wie bei dir!
Pastor
Wie –
Wolfram
Hat mir eine Muschi mitgebracht: Soll ich dir vorlesen?
Pastor
Nun –
Wolfram *liest:*
– Tut mir leid, Spatz, hauchte sie, du hast die Geschichte ganz einfach in die falsche Gurgel gekriegt …
– Sei ruhig, Cora, sei jetzt bloß ruhig …
Sie lächelte und segelte selig auf mich zu.
– Bin ja schon ruhig, Spatz, will dir nur sagen, wie sehr …
– Sonnenklar, du willst mir nur dein Herz aus …
Und dann schlug ich ihr mit voller Wucht die Faust – bis sie gegen das Kreuz knallte – in den Bauch …

Pastor
Hören Sie auf!
Wolfram *liest:*
Ich zog meine Rechte zurück – und ihr Obergestell klappte vornüber, als hätte sie ein Scharnier in der Taille.
Pastor
Aufhören! Aufhören! Aufhören!
Wolfram *zu Martin:*
Halt ihn fest: Der halt sich jetzt die Ohren nicht zu, der hört mir jetzt zu!
Der soll nur sakramentisch nagen an ihm, der Gewissenswurm.
Martin hält den Pastor fest.
Martin
Zu Befehl, Fettsau! Und an dir nagt er nicht, weil du ein Gemüt hast wie ein Metzger oder wie oder was?!
Wolfram
Kusch, du! Ich halt es aus, weil ich ein reines Gewissen hab!
Der Pastor reißt sich los.
Halt ihn halt fest!
Martin
Ich les dir jeden Wunsch von den Lippen! Mir wurscht. Hauptsache: Mein Arsch bleibt Jungfrau.
Wolfram *liest:*
Ihr Kopf rummste gegen die Fliesen. Sie schlug ums Haar einen Purzelbaum. Ihre Augen quollen aus den Höhlen, und ihr Kopf zuckte. Ich riß ihr die Bluse bis zur Taille runter.
Pastor
Hört endlich auf, ihr!
Martin
Du, wir werden die Sau gleich rauslassen.
Er hält ihn wieder fest und zwingt ihn in die Knie. Zu Wolfram:
Warum nicht ihn! Frischfleisch, garantiert jungfräulich!
Wolfram *zu Martin:*
Ich steh auf Weiber. Von Haus aus!

Steck ihn bloß von Zeit zu Zeit in dein saublödes Goscherl, daß du nicht so einen Scheißdreck verzapfst!

Pastor

Ihr Gelichter!

Wolfram

Und jetzt herrscht blitzartig eine Ruh, sonst werd ich so was von ungemütlich! Daß ich mich selber nimmer kenn! Da rast ich mir nix, dir nix total aus! Total! Da hau ich in Nullkommanix einen um. Auf ewig!

Wenn mich wer beim Lesen stört ... Der kriegt kein Stoßgebet mehr zusammen, so blitzschnell kommt der in Himmel.

Liest: Ich zog ihr den Rock hoch über den Kopf, ein Beben und Zucken durchlief ihren Körper. Ihre Absätze stöckelten im Stakkato gegen die Kühlschranktür, aus ihren Eingeweiden drang ein dumpfes Rumoren, und dann sah ich das Blut unter ihr ...

Martin *zu Wolfram:*

Und wie heißt das geile Buch?

Wolfram

Der Mörder in dir!

Pastor *liest wieder bei Kerzenlicht im Neuen Testament: Seine Lektüre hört man wiederum als Flüsterstimme über Lautsprecher:*

... Nicht einmal du fürchtest Gott, da du die gleiche Strafe leidest?

Wir zwar mit Recht, da wir empfangen, was unsere Taten verdienen; dieser aber hat nichts Unrechtes getan.

Und er sagte: Jesus, gedenke meiner, wenn du in dein Reich kommst.

Und Jesus antwortete und sprach zu ihm: Noch heute wirst du mit mir im Paradiese sein.

Dunkel.

Stimmen II

Psychiaterin *im weißen Kittel bei Kaffee und Kuchen mit Wolfram und Martin in der Zelle.*
Hat sich Ihr gemeinsamer Mithäftling irgendwie – Ihnen beiden gegenüber geäußert — in Sachen Mord an seiner Ehefrau?
Martin
Leider nein!
Wolfram *zur Psychiaterin:*
Das geht kein Schwein was an!
Psychiaterin *eher zu Martin:*
Könnten Sie ihn nicht öfter – à la »Lektürestunde« letzthin – in eine Lage bringen, daß er seine Tat ungedanks gesteht?
Martin
Der gesteht schon noch! Und wenn ich ihm das Kreuz brechen muß!
Wolfram
Gar nichts geschieht in meiner Gegenwart! Ich laß mich auf die Schweinerei nicht ein vom Staat!
Psychiaterin
Aber ich bin in der Tat felsenfest der Überzeugung, daß S-i-e b-e-i-d-e unschuldig sind!
Wolfram
Ich bin unschuldig, da könnts ihr Gift drauf nehmen!
Martin
Ich bin dem Gesetz des Blutes gefolgt!
Psychiaterin
Ich garantiere Ihnen Haftverkürzung, wenn Sie der Justiz behilflich sind, einen wahrhaft Schuldigen zu überführen!
Martin
Und wenn ich es herausquetsch aus dem frommen Sack: wie kriegen Sie sein Geständnis spitz?
Psychiaterin
Es wird alles mitgeschnitten.

Wolfram

Aber das gehört sich nicht!

Psychiaterin

Abgehört und mitgeschnitten: Sie werden verstehen, daß der Kampf gegen das organisierte Verbrechen dergleichen Methoden erheischt!

Wolfram

Das kriegt ihr doch so fix gar nicht mit, wie es immer fixer – fixer nur und fixer nur – zugehen tut in der Unterwelt heutzutag!

Bis ihr einen russischen, albanischen oder – weiß der Kuckuck – jugoslawischen Brocken aufschnappts und übersetzen habts lassen, ist durch die Ostmafia mir nix dir nix ein deutscher »Unternehmer in Sachen Liebe« zu Schaschlik geschossen!

Psychiaterin

Also, kann ich auf Ihre Hilfe zählen?

Wolfram spuckt ihr ins Gesicht. Martin zückt Tempotaschentuch, reinigt das Gesicht der Psychiaterin.

Martin

Ist mir mein Freispruch sicher?

Psychiaterin

Ich werde mich für Ihre Kooperation erkenntlich zeigen!

Wolfram *für sich, gezischt:*

Und du Polizeifotz hörst gleich die Englein singen!

Geräusch der sich öffnenden Zellentür.

Psychiaterin

Aha, der Herr Pastor kommt von der Untersuchung zurück. Seien Sie gegrüßt, lieber Herr Pastor! Darf ich Ihnen im Zusammenhang mit der Erstellung meines Gutachtens einige kurze Fragen …

Pastor

Ich höre Ihre Stimme so schlecht!

Psychiaterin

Hören Sie Stimmen?

Pastor

Ja, auf diesem Ohr höre ich Sie besser.

Psychiaterin
Die Stimmen?
Pastor
Ja, Stimmen! Das hängt, kurz gesagt: Mit den Gehirnhälften zusammen.
Früher war die Kluft zwischen ihnen kleiner. Wenn jemand Stimmen hörte, so war er im Gespräch mit Göttern.
Heute gilt jemand, der Stimmen hört, und seis die Stimme Gottes, als Narr.
Wolfram
Wie der eine Pfarrer da in der Po-Ebene oder wo. Hat allweil mit seinem Herrgott geredet am Kommuniongatter und mit dem kommunistischen Bürgermeister gekämpft bis aufs Blut. Wie heißt der jetzt wieder, der Kruzifix-Don dort?
Martin
Am Don? Don oder Po?
Psychiaterin
Und hören Sie Stimmen, Herr Pastor?
Pastor
Nicht, daß ich wüßte. Im Traum vielleicht!
Psychiaterin
Sie haben ein sehr edles Bild von Ihrer Person.
Pastor
Sind wir nicht Gottes Ebenbilder?
Psychiaterin
Gewiß! Aber unser Bild stimmt eben nicht immer überein mit der Wirklichkeit.
Pastor
Welche Wirklichkeit meinen Sie?
Psychiaterin
Zum Beispiel: die Wirklichkeit im Kopf Ihrer Frau!
Pastor
Ich habe keine Frau mehr.
Psychiaterin
Und jetzt stimmt Ihr Bild von sich wohl wieder mit der Wirklichkeit überein.

Pastor
Sie sagen es.
Psychiaterin
Und als Ihre Frau im Streit wieder einmal Ihr Bild von sich in Scherben schlug, haben Sie den Kopf verloren?
Pastor
Sie! Sie war total außer sich. Hätte mich ums Haar ins Gesicht geschlagen.
So sah ich sie noch nie!
Psychiaterin
Sie geben also zu, daß Sie ...
Pastor
Ich weiß von nichts!
Psychiaterin
Sie sind nicht der erste! Es gab einen ganz ähnlich gelagerten Fall ... Ach, entschuldigen Sie, wollen Sie einen Schluck Kaffee?
Pastor
Gerne –
Psychiaterin
Also, noch einmal von vorne: Haben Sie das Gefühl, daß Sie manchmal neben sich stehen?
Pastor
Nein!
Psychiaterin
Haben Sie nicht das Gefühl, daß Sie ein Doppelleben führen?
Heidi/Stimme
Hallo, hallo! Ihr geilen Feger!
Habt ihr auch das Ohr schön an der Muschel? Ja? Und ihr ruft auch brav an, bevor ihr kommt? Oder muß Mutti streng werden? Unter: 0190 und dreimal 69! Sechs-neun, sechs-neun, sechs-neun!
Ihr kommt unter Garantie auf eure Kosten!
Für nur 69 Pfennig in der Sekunde, der Countdown beginnt mit:
Sechs! Neun!

Acht! Sieben!
Sechs! Neun!
Acht! Sieben!
Sechs! Neun!
Acht! Sieben!
Sechs! Neun!

Psychiaterin
Haben Sie das gehört?

Pastor
Bitte, was?

Psychiaterin
Aber, aber… Hat von Ihnen, meine Herren, jemand etwas gehört?

Wolfram
Wovon reden Sie?

Psychiaterin
Aber Sie sind doch selber zusammengezuckt?

Wolfram
Hast du was gehört, Marterl?

Martin
Ich bin, ich bin… *Wolfram droht ihm mit der Faust.*
Ich bin mir nicht sicher.

Wolfram
Ich fein auch nicht. Nicht im Traum fiel mir ein, daß ich was gehört hätt!

Psychiaterin
Und Sie, Herr Pastor? *Pastor schweigt. Zu Martin:*
Und Sie vielleicht doch…
Martin schwankt. Im Hinausgehen, mit Verschwörerblick:
Unsere Abmachung jedenfalls gilt!

Dunkel.

Wie ein Stern in einer Sommernacht

Corinna/Stimme
Weißt du noch, wie wir bei Pastor Liebmann waren in Dresden?
Du hattest einen Riesenzander geangelt in der Elbe. Und wir brieten ihn über offenem Feuer im Garten. Und –
Pastor
Und –
Corinna/Stimme
Und niemand wollte kosten vom Fisch. Die Liebmanns schauten nur betreten. Du nur hast ein Stück Zander gegessen.
Und ich – deine tapfere Gattin – drei Gabelvoll.
Mittsommernachtsakustik einer Gartenparty bei Pastor Liebmann in Dresden: Stimmengewirr. Beschwipstes Geflüster. Feuerknacken. Von fernher Musik. Immer wieder das Knakken und Rauschen eines zugeschalteten Tonbandgeräts.
Pastor
So nimm doch ein Stück Elbzander, Peter!
Pastor Liebmann/Stimme
Nein, tut mir leid, Kurt.
Pastor
Elbzander, eigenhändig geangelt!
Pastor Liebmann/Stimme
Bei uns …
Pastor
Und überm Feuer gebraten … Riech doch nur …
Pastor Liebmann/Stimme
Ich habe es dir doch schon x mal gesagt, Kurt …
Ihr aus dem Westen – entweder vermiest ihr uns alles und entwerft ökologische Horrorszenarien, oder ihr fallt total auf die Idylle rein. Und angelt in der Elbe!
Bei uns – da angeln nur noch die Idio-, die Idealisten! In der Elbe:

Da kannste Farbfilme entwickeln. Original ORWO-Niveau! Ich schwörs dir!

Pastor

Dann schieß doch ein paar Standfotos, wie ich tanze mit deiner Tochter Konstanze!

Der DDR-Schlager »Wie ein Stern in einer Sommernacht« von Frank Schöbel erklingt aus einem Transistorradio. Pastor und Konstanze tanzen.

Konstanze *flüstert während des Tanzes:*

Nicht doch so eng, Onkel Kurt.

Pastor

Schau mir in die Augen, mein Stern.

Konstanze

Und laß bitte deine Pfoten von meinem Herzen!
Mein Vater fotografiert alles.

Pastor

Im Kopf müßt ihr frei sein, dann wird euch kein System der Welt einkerkern können.

Konstanze

Ich möchte frei sein.
Ich möchte reisen: Ich möchte Paris sehen, an der Seine sein.

Pastor

Sei die Meine. Das ist besser als die Seine.

Konstanze

Ich möchte für d-e-n Mann Cello spielen am Atlantik.
Wenn die Flut zurückkommt. Und mein Rocksaum voller Schaum wird, werd ich für ihn Bach spielen: Die Solosonaten …
Ich spiele sie jeden Tag.

Pastor

Ach, so spiel sie doch für mich.
Auch ich spiele Bach mit Leidenschaft.

Dunkel.
Man hört das Lied »O Haupt voll Blut und Wunden«.

Stimmen III – Im Fieberwahn

Pastor beleuchtet sich im Dunkeln mit einer Infrarotlampe, als müsse er einen Katarrh auskurieren: Mit einem Taschentuch schneuzt er sich – und hält sich – gleichsam organisch – zur Stimmveränderung die Nase zu etc.

Corinna/Stimme
Du mochtest mein Gesicht?
Pastor
Ich habe von deinem Lächeln gesprochen. Wie du immer zugekommen bist auf mich: Das Licht war dein Kleid!
Corinna/Stimme
Du hast mir oft genug zu verstehen gegeben, daß dich mein Gesicht an meinen Vater erinnert. Warum hast du meinen Vater so gehaßt?
Pastor
Deinen Vater kannte ich doch überhaupt nicht.
Corinna/Stimme
Lügner! Wir waren doch zu dritt in Auschwitz. Haben uns um Aussöhnung bemüht mit Polen. *Sanft:*
Aber du hast ihn vielleicht wirklich nicht gekannt: Hättest du ihn gekannt – du hättest ihn genauso geliebt. Statt dessen hast du einem Toten den Krieg erklärt.
Pastor
Geht das schon wieder los? Geht das ewig so weiter?
Corinna/Stimme:
Du hast es also gewollt?
Jetzt geht mir ein Licht auf: Ich habe immer gedacht, ich muß wollen, daß es aus ist. Ich habe immer gedacht, du wirst um keinen Preis der Welt unser Leben aufgeben. Ich habe immer gedacht, du bist schwach, und deshalb muß ich stark bleiben. Ich habe trotz allem immer an unsere Liebe geglaubt.
Pastor
Ich will vor bestimmten Leuten mein Herz nicht ausschütten. Ich muß mich zusammenreißen, um nicht loszuheulen.

Corinna/Stimme
Vor bestimmten Leuten nicht losheulen?!
Ist dir eigentlich bewußt, was du da gesagt hast? Das ist wie ein Schlag ins Gesicht.
Ich habe dir doch jeden Wunsch von den Lippen gelesen. Ich bin ja in meinem Wahn so weit gegangen, daß ich mit einem anderen geschlafen habe.
Pastor
Die Häsin hatte Junge!
Ich wollte nur …
Corinna/Stimme
Hast ihr sogar eigenhändig einen Schluck Bohnenkaffee in den Käfig.
Pastor
Käfig? Stall!
Ich wollte nur, daß die Jungen durch schöne Gitterrahmen auf die Welt sehen. Und du – du mußtest dich gleich vergaffen in diesen Kung-Fu-Affen?
Corinna/Stimme
Du hast mich so weit getrieben!
Pastor *mit dunkler, junger Stimme:*
Frau Pastor – das wärs. Der Hasenstall glänzt wie neugeboren!
Corinna/Stimme
Wie neu-geboren?
Pastor *mit dunkler, junger Stimme:*
Entschuldigen Sie, bitte – die Ausdünstung …
Corinna/Stimme
Die Ausdünstung?
Pastor *mit dunkler, junger Stimme:*
Mir ist ganz schwindlig. Die Ausdünstung von der Farbe …
Daran muß es liegen.
Corinna/Stimme
O Vorsicht, Sie fallen ja!
Pastor *mit dunkler, männlicher Stimme:*
Ohhhh!

Corinna/Stimme
Jetzt wären wir beinah alle beide gefallen.
Pastor
Und du – du hast dich geopfert? Und bist nicht auf deine Kosten gekommen?
Stöhnt dreckig.
Corinna/Stimme
Wie konntest du ernsthaft glauben, ich könnte Gefallen finden am Ehebruch? Hinter herabgelassener Jalousie. Und das Licht tigert das Kopfkissen.
Es war die Hölle. Ich hab es mit ihm im Dunkeln gemacht – und an dich gedacht.
Pastor
Ich wollte dir nur eine Lektion erteilen in Einsamkeit und Finsternis.
Siehst du nun, durch welches Inferno ich gehe?
Corinna/Stimme
Kurt!
Pastor
Ich habe doch gesehen, wie du ihn verschlungen hast mit Blicken, jede Zuckung seiner Nackenmuskel ...
Corinna/Stimme
Wann?
Pastor
Als er kurz vor Pfingsten in der Hitze die Fassade unseres Heimes strich mit Monarchiegelb.
Corinna/Stimme
Ich habe versucht, dich in ihm zu sehen: den jungen Kurt.
Pastor
Und ich nur dich: in all den vielen nur dich.
Dich allein.

Dunkel.

Chöre derer, die sich die Zungen zerreißen III

Der Pastor leuchtet wiederum mit Taschenlampe immer in alle Richtungen der Bühne – auch nach oben, sofern die guten Zungen aus dem Lautsprecher A kommen.
Falls jedoch die Stimmen aus dem Lautsprecher B kommen, leuchtet er prüfend von Zuschauer zu Zuschauer – ganz so, als ob er denjenigen entdecken wollte, der den gehörten Gedanken gerade denken könnte …

Chor der bösen Zungen
Er hat sie zum Ehebruch geradezu gewungen.
Chor der guten Zungen
Sie führten eine moderne Ehe!
Chor der bösen Zungen, weiblich
Er hat kein Gewissen.
Chor der bösen Zungen, männlich
Es war Mord.
Chor der guten Zungen, männlich
Das ist Rufmord! Ich weiß, er könnte so etwas Brutales nie im Leben tun.
Chor der guten Zungen, weiblich
Er war ein so engagierter Mensch … Für Frieden, für Alte, für Asylanten.
Chor der guten Zungen, männlich
Er hat sich immer für die Unterdrückten eingesetzt. Er hat das herrschende System kritisiert.
Chor der bösen Zungen
Der typische Täter, wenn Sie mich fragen: Frißt jahrelang alles in sich hinein – tut Gutes, predigt Frieden – und explodiert plötzlich wie ein Bombe.
Chor der bösen Zungen, männlich
Er hatte nicht das Herz, es von vorn zu tun.
Chor der guten Zungen, männlich
Er war ein Mensch mit Mut, der den Mächtigen die Maske von den Gesichtern riß.

Chor der guten Zungen, weiblich
Die Wiedervereinigung war schuld.
Chor der bösen Zungen
Weg mit ihm! Er muß weg – für immer!
Chor der bösen Zungen, männlich
Der lacht uns eines Tages aus: Kriegt seine fünf Jahre Knast, wird wieder losgelassen auf die Menschheit. Schreibt ein Buch, ist im Fernsehen, kassiert ein Schweinegeld – und gilt als Held.
Hackt ihm den Kopf ab.
Chor der bösen Zungen, weiblich
Seine arme Frau. Wenn ich daran denke, kriege ich eine Gänsehaut.
Chor der guten Zungen
Er hat so viele Menschen wieder auf den richtigen Weg gebracht...

Dunkel.

Die Bekehrung

Wie vor dem Gefängnisfernseher: Bilder der Nazibarbarei...

Pastor
Sie sind doch noch so jung. Wollen Sie wirklich Ihr Leben wegwerfen?
Gott vergibt dem, der aufrichtig bereut!
Martin
Und du? Du gibst es ja nicht einmal zu.
Pastor
Gott weiß um die Abgründe des menschlichen Herzens. Wollen Sie nicht mit sich ins reine kommen? *Martin reagiert nicht.* Was hält Sie davon ab?
Martin
Der Führer –

Pastor
Und Auschwitz?
Martin
Da sind keine Menschen zu Tode gekommen, nur Wanzen.
Pastor
Aber es gibt Filmaufnahmen ... Wie wir gerade gesehen haben.
Martin
Wo viel Licht ist, ist auch viel Schatten.
Pastor *geht voll Zorn auf Martin zu:*
Schau mir in die Augen! *Martin schaut weg.*
Nimm dein bißchen Mumm zusammen und schau mir in die Augen.
Martin
Ich brenn dir die deinen aus.
Ich hab einen Blick wie ein Wolf. So ein gelbes Feuer pulsiert in meinen Pupillen. Ein Feuer, wo alles in Brand setzt auf Erden.
Pastor
Schau mir in diese Augen, Kerl: Was du hoch und heilig hältst, ist ein Phantom!
Martin
Und du? *Sie fixieren sich.* Keine Predigten!
Pastor *zeigt auf seine Augen:*
Diese Augen! Diese Augen haben deinen Führer gesehen. Kinderaugen. Ich hatte einen Strauß Glockenblumen gepflückt und winkte ihm zu –
Martin
Sie haben i-h-n gesehen?
Pastor
Hinterher hatte ich vor Führereuphorie die Hosen voll.
Heute weiß ich: Mein Arsch war damals klüger als mein Kopf.
Martin *verzückt:*
Sie haben i-h-n gesehen?
Pastor
Ich habe einem Haufen Scheiße »Heil« zugerufen!

Martin *für sich:*
Den Teufel geheiratet in Weibergestalt. Und der tut, der Teufel von Weib, unser Kind aus dem Kissen – das Kleid, die Windel alles total vollgeschissen, und schleckt vor versammelter Verwandtschaft die Scheiße ab. *Laut:*
Hast du Angst, Pastor? Angst vor mir?
Pastor
Wer bist du schon?
Martin
Du hast doch nicht Angst vor Luzifer?
Wolfram erwacht aus dem Dahindämmern.
Pastor
Schweig!
Martin
Und deine Frau?
Gibs zu! Gibs zu, daß du sie erschlagen hast! Gibs zu! Gibs zu!
Pastor
Wie bitte?
Martin
Gibs zu, du scheinheiliger Patron: Sind wir nicht alle von Zeit zu Zeit in der Stimmung, Gott und die Welt zum Teufel zu hauen?
Pastor
Ich weiß nicht!
Martin
Du hast sie umgebracht! Gibs zu!
Pastor
Also –
Martin
Wenn dus zugibst, hast du mich bekehrt.
Dann kannst du dir eine Seele mehr ans Seelsorger-Revers heften.
Pastor
Ich, ich …

Wolfram
Sag ja nichts, Pastor. Das ist eine Scheißfalle! Die Zelle ist total verwanzt!
Martin *zu Wolfram:*
Du Verräter!
Wolfram *zu Martin:*
Du Judas!
Sie gehen aufeinander los und schlagen sich mit Fäusten.
Der Pastor geht dazwischen.
Er bekommt einen Faustschlag auf die Schläfe und sackt zusammen.
Es wird jäh dunkel.
Das Rasseln einer Klapperschlange. Das Rasseln der Klapperschlange geht sanft über in das Lied »From The Darkness To The Light« von Gary Floyd.

So bleibe doch mein liebes Herz

Pastor sitzt wieder mit Kerze am Tisch und schreibt.
Eine Frau mit Schleier kommt vom Zuschauerraum her auf die Bühne.

Pastor
Wo bin ich?
Frau mit Schleier
Du liegst im Koma: Der Faustschlag gegen deine Schläfe wird dich das Gedächtnis kosten. Für immer.
Pastor
Wer sind Sie?
Frau mit Schleier
Ich bin eine deiner Erinnerungen: Ich werde dich für immer verlassen.
Pastor
Wie sind Sie hier hereingekommen?

Frau mit Schleier *zeigt in den Zuschauerraum:*
Ich komme von dort.
Pastor
Dort ist nur eine dunkle Wand.
Welche Freude soll mit mir sein, da ich im Finstern sitze und das Licht des Himmels nicht sehe …
Frau mit Schleier
Tobias 5,11.
Pastor
Wer bist du?
Frau mit Schleier
Ich weiß nur: Ich komme von dort.
Pastor
Von dort?
Frau mit Schleier
Vielleicht komme ich auch nicht von dort. Irgendwo war ich unterwegs …
In einer Höhle? Und plötzlich bin ich hier.
Pastor
Nehmen Sie doch Ihren Schleier ab.
Frau mit Schleier
Lieber nicht.
Ich weiß ja nicht, was sich dahinter verbirgt.
Pastor *singt nach der Melodie von Schuberts Winterreise:*
Fremd bin ich eingezogen, fremd …
Frau mit Schleier
Du darfst mich duzen.
Pastor
Danke, aber …
Frau mit Schleier
Pscht!
Sie legt ihm einen schwarzbehandschuhten Finger auf die Lippen:
Du mußt ruhiger werden. Ruhig Blut, mein lieber Mann.
Wer schreibt, muß sich doch konzentrieren können.

Pastor
Ich möchte arbeiten, aber …
Frau mit Schleier
Ich störe dich … Aber dieser kleine Schatten Trauer in deinen Pupillen …
Pastor *zieht ihren Duft ein mit geschlossenen Augen:*
Sie sind …
Frau mit Schleier
Du …
Pastor
Du bist anders – als all die andern …
Frau mit Schleier
Es gibt keine andern!
Pastor
Ich spüre …
Frau mit Schleier
… eine große Nähe?
Pastor
Ja. Dies ist ein Traum. Ich hatte eine Frau, die …
Frau mit Schleier
Bei unserer Hochzeit trage ich diesen Schleier. Du wirst den Schleier hochheben und mich küssen.
Sie treten näher aufeinander zu: Der Pastor mit geschlossenen Augen hebt den Schleier, küßt die Frau. Als er dann die Augen öffnet, fährt er entsetzt zurück.
Pastor
Nein! *Er schlägt die Hände vors Gesicht.*
N-e-i-n! Wer?
W-e-r hat das getan?
Frau mit Schleier, *ihr Gesicht ist in keiner Weise verletzt:*
Das war aber ein lieber Kuß. Ich werde ihn nie vergessen. Ich muß gehen!
Suche mich nicht!
Die Kerze erlischt. Dunkel.
Der Pastor entzündet seine Kerze mit einem Gasfeuerzeug.
Er trägt die zitternde Flamme über die Bühne.

Zuerst nach Norden: Die Frau mit Schleier steht ihm im Weg und pustet, unterstützt von Windgeräuschen des Lautsprechers A, die Flamme aus.
Er geht im Dunkeln zu seinem Stuhl in der Bühnenmitte zurück und entzündet die Kerze aufs neue, geht Richtung Osten über die Bühne: abermals steht ihm die Frau mit Schleier im Weg und pustet, unterstützt von Windgeräuschen des Lautsprechers C, die Flamme aus.
Er geht im Dunkeln zu seinem Stuhl in der Bühnenmitte zurück und entzündet die Kerze wiederum, sucht diesmal einen Pfad quer über die Bühne Richtung Westen: abermals steht ihm die Frau mit Schleier im Weg und pustet, unterstützt von Windgeräuschen aus dem Lautsprecher D, die Flamme aus.
Er geht im Dunkeln zu seinem Stuhl in der Bühnenmitte zurück und entzündet die Kerze erneut, geht diesmal Richtung Süden über die Bühne, also Richtung Zuschauerraum: abermals steht ihm die Frau mit Schleier im Weg und pustet, unterstützt von Windgeräuschen aus dem Lautsprecher B, die Flamme aus.
Er geht im Dunkeln zu seinem Stuhl in der Bühnenmitte zurück und will seine Kerze erneut entzünden, aber es ist kein Gas mehr im Feuerzeug. Er wirft es weg und setzt sich.
Man hört den Schluß der Matthäuspassion von Johann Sebastian Bach.

Chor

Wir setzen uns mit Tränen nieder
Und rufen dir im Grabe zu:
Ruhe sanfte, sanfte ruh!

Dunkel.

Materialien

Kreuzotterpärchen

Brigitte Labs-Ehlert
Gegenständigsein

Beim Bersten der Welt, das wir erleben,
sind, o Wunder! die Stücke, die niederstürzen, lebendig

René Char

Für Werner Fritsch ist Theater der letzte Ort der Metaphysik, das die Menschen berührt und sie offen werden läßt für eine Vorstellung von menschlicher Existenz, die er mit dem Bild eines Baumes ausdrückt: die Wurzeln im Erdreich, die Krone im Himmel. Man denkt sowohl an die Nacht- und Schattenseiten des Lebens und den Lichtstreif Hoffnung als auch an die Aufhebung und Überwindung der Polaritäten. Der Autor wendet sich gegen das Eindeutige, das nivelliert, das *ein* Urteil, *eine* Sichtweise, *eine* Wahrheit, *ein* Dogma propagiert. Sein Theater ist ein politisches, sakrales und derbes in einem. Ein Theater, das die Menschen mit ihren Obsessionen und in ihren Alltäglichkeiten zeigt: den Lügen, Unwahrheiten, Grobheiten, Scheinheiligkeiten, Verstrickungen, sowie in ihren Sehnsüchten und ihren Widersprüchlichkeiten. Ein Theater, zu dem es einen doppelten Zugang gibt: über den Traum und den Schattenriß, und das Traumspiel und Schattenspiel ist. Schattenspiel, weil ein Großteil seines Personals von der Schattenseite des Lebens kommt, vernachlässigt wurde, verfolgt wurde oder düstere, zuweilen brutale Gestalt annimmt – Figuren, die so und so bedürftig sind. Ein Schattenriß ist nicht unmittelbar sichtbar. Man erhält erst einen Eindruck, wenn man ihn gegen das Licht hält und dann nicht das unmittelbare Bild betrachtet, sondern das Bild an der Wand. Im Kierkegaardschen Sinn ist das Schattenspiel eine Möglichkeit, das innere Bild zu zeigen, das erst sichtbar wird, wenn durch die äußere Erscheinung hindurchgeblickt wird.

In *Golgatha* ist das gesamte Spektrum von Fritschs Literatur enthalten: von *Stechapfel*, einer Legende von Liebe und Tod, Schuld an den KZ-Verbrechen und Versuch einer – zumindest sprachlich vollzogenen – Geste des Verzeihens, bis zu *Fleisch-*

wolf, dessen Gattung der Autor mit »Gefecht« angibt: um dem Grauen zu entkommen, verleiht Fritsch hier dem Grauen von verbalen und handgreiflichen Gewaltexzessen Ausdruck. »Wir müssen heute ja der Wirklichkeit mißtrauen«, sagt der Pastor in *Golgatha*, der jahrzehntelang als »Gutmensch« galt und nun wegen Mordes an seiner Frau angeklagt ist. Mißtrauen muß man den Eindeutigkeiten und schnellen Urteilen. Erst in der Dunkelheit der Zelle, am Ende eines Lebenslabyrinths fallen die Masken ab – die Lebenslügen: Was ist aus den Idealen geworden, was aus der Seelsorge und Wahrhaftigkeit, was aus der Liebe und Nächstenliebe? Elend, einsam und verwirrt, hört er Stimmen, mit denen er spricht, es ist die Erinnerung, die tote Frau, eine Hure und seine eigene Stimme. Wahn, Wahrheit und Wirklichkeit überlagern sich und die Frage nach den Gesichtern der Wahrheit und Wirklichkeit bleibt im Raum stehen.
Golgatha – die Assoziation an die dunkelste Zeit der Christen ist beabsichtigt – führt in die Dunkelheit, die Nachtseite eines Lebens, die Innenseite einer Existenz. Statt mit Bildern zu sprechen – über viele Kulissen und unterschiedliche Schauplätze –, wählt Werner Fritsch hier einen anderen Weg. In der Dunkelheit ist man auf sich selbst und seine Wahrnehmungen konzentriert, das Hören bekommt eine neue Tiefe, Emotionen – Angst/Vertrauen – werden nun nicht von äußeren visuellen Eindrücken ausgelöst, sondern von Stimmen – der eigenen inneren, der Stimme des Zweifels, der Erinnerung – und von Klängen und Musik. Was für die Dramaturgie gilt und das Bühnengeschehen maßgeblich vorantreibt, überträgt sich auf den Zuhörer, der das Stück vor allem als Hör-Stück erlebt. Das Theaterstück nähert sich damit (wieder) stark seiner literarischen Dimension.

Aller Seelen. Traumspiel, im April 2000 uraufgeführt von Johann Kresnik am Thalia-Theater in Hamburg, ist eine Zusammenschau von wenigen Jahren – 1943 bis 1945 – und enthält das Jahrtausendtrauma in einer neuen nicht-dokumentarischen, nicht-moralisierenden Qualität. Zwei (authentische) Ereignisse bilden den Rahmen für das Traumspiel. Nachdem zunächst Partisanen einen einsam gelegenen Bauernhof überfallen, sich dann jedoch mit den Bauersleuten verbrüdern, verrät das kleine Kind den kontrollierenden Wehrmachtssoldaten deren Versteck im

Haus – Erschießungen und KZ-Haft folgen. Nach Kriegsende sind es befreite, kriminelle KZ-Häftlinge, die vor den Augen des Jungen den Vater erschießen. Dieser Junge hat kurz zuvor dem Vater erklärt, auch im Stein wohne ein Stern. Eingeschoben sind Traumsequenzen des Jungen, Vernichtungsszenen aus dem KZ, die Obsessionen des Lagerkommandanten sowie Traumspiele, in denen Lebende und Tote einen neuen Anfang suchen.

»Der Weg zur neuren Bildung geht/Von Humanität/Durch Nationalität/Zur Bestialität« – diesen von Grillparzer so benannten Weg zeigt das Theater von Werner Fritsch. Sein Theater ist politisches Theater. Er bringt die Verwobenheit von Vergangenem und Nicht-Vergangenem auf die Bühne, die ununterbrochene Kontinuität von Machtstreben und Menschenverachtung. Das rechtsradikale Gedankengut stirbt nicht mit der Tätergeneration ab, er benennt Orte, an denen diese Gesinnung überwintert: im Militär und auf dem Land, am Stammtisch und in scheinheiligem ländlichem Frömmlertum. Er läßt Personen auftreten, wie sie das Leben selbst schreibt, arbeitet mit ihrer Sprache und stellt ihre Aggressivität, Dummheit und Dreistigkeit dar. Er bringt das alltägliche Entsetzen auf die Bühne und gewinnt dadurch gleichzeitig Distanz, die Reflexion ermöglicht. Er kommentiert nicht direkt, gibt seinen Akteuren kein Etikett mit einer Beurteilung. Diese Realität ist eingefügt in eine surreale Gegenwelt, das kann ein sakraler, geistiger, imaginärer Raum sein, das ist der Traum mit der Entgrenzung von Raum und Zeit und der Mehrfachbelichtung der Personen, in dem Lebende, Tote und Zukünftiglebende zusammentreffen. Das Verfahren des Benennens bringt dem Autor – so wie es ebenfalls Elfriede Jelinek geschieht – auch Unverständnis, sogar Haßtiraden ein. Das Theater ist »dazu da, unseren Verdrängungen Leben zu verleihen« (Antonin Artaud), was Peter Brook zu der Interpretation führte, »daß das Theater alles enthielte, was sonst dem Verbrechen und dem Krieg aufgespart bleibt«. Werner Fritsch versetzt sich in seine Personen, um in deren Dunkelheit eine Erklärung zu finden für das Ungeheuerliche, das sie begangen haben, das für sie nach wie vor denkbar bleibt und machbar erscheint. Sich in sie hineinversetzen, um das Phänomen zu verstehen, nicht um es zu entschuldigen. Sich mit dieser Welt auseinandersetzen, um zu lernen, genauer hinzuschauen, genauer zu kritisieren. Schon längst bevor die Öffentlichkeit durch das rechtsradikale Gewaltpotential in der Bundeswehr aufgeschreckt wurde, hat Werner Fritsch mit geradezu seismographischer Sensibilität auf diese Gefahr in seinen Stücken hingewiesen. Daß es gesellschaftliche Kräfte gibt, die heute einer Figur wie Jörg Haider wieder zu Macht und Ansehen verhelfen, führt der Autor in seinen Stücken *Sense*, *Fleischwolf* und *Wondreber Totentanz* vor, es sind diejenigen Leute, die aus Dummheit und Verzweiflung wieder eine Politik des starken Mannes ersehnen.

Das Theater von Werner Fritsch ist ein sakrales Theater. Damit meine ich nicht, weil es zu kurz gegriffen wäre, die Interpretationszusammenhänge, die sich durch die Titel der Stücke aufdrängen, die religiös besetzt sind: das Mysterium von Golgatha, das Inferno und der Jüngste Tag, die Wiederkehr der Toten in *Aller Seelen*. Damit meine ich auch nicht das Runterbeten von Rosenkränzen, das Auftreten von Pfarrern, das gehört eher in den Bereich des Derben und Volkstümlichen, das auch bei Werner Fritsch anzutreffen ist. Das Sakrale meint: die Kraft des poetischen Wortes, das der des Katholizismus völlig unverdächtige Kunstkritiker, Essayist und Schriftsteller John Berger als eine Form des Gebetes begreift. »Weil die Tiefe das Alltägliche transzendiert, bringt uns eine gehobene Sprache und ein ritualisierter Gebrauch des Rhythmus dicht an jene Aspekte des Lebens, die unter der Oberfläche verborgen sind« (Peter Brook). Das Sakrale meint die Spiritualität als Haltung des Autors Werner Fritsch. Es meint die Anerkennung dessen, daß wir uns nicht nur in materiellen und realen Abhängigkeiten, sondern auch in imaginären und geistigen Zusammenhängen bewegen. Und es meint die Kunst der Inszenierung, die im besten Fall zu einem Ritual werden kann. Das Sakrale Theater begreift die Bühne als »ein dem Tod benachbarter Ort, wo alle Freiheiten möglich sind« (Jean Genet). Ich bin mir sicher, daß auf Werner Fritsch zutrifft, was Jean Genet an Roger Blin zu seiner Inszenierung schrieb: »Noch etwas zum Licht: es wird gut sein, wenn jeder Schauspieler den andern oder die andern durch sein Spiel anstrahlt und sie ihn ihrerseits anstrahlen. Die Bühne könnte ein

Ort sein, wo der Widerschein nicht immer schwächer wird, sondern auch ein Ort, wo die christliche Nächstenliebe auf ihre Kosten käme.«

Das Theater von Werner Fritsch ist ein derbes Theater. In ihm geht es laut zu, auch bis zum Überdruß werden Witze, Zoten, Sprüche geklopft, die in Wirtshäusern und Kantinen gehört werden. Werner Fritsch arbeitet mit der Sprache, die die Leute sprechen, er benutzt sie als Material, aber auch als Sprungbrett. Das eben noch Derbe und Obszöne bekommt durch Nuancierungen, Verschiebungen und Rhythmisierungen eine andere, künstliche, poetische Dimension. Der Witz steht neben dem Gedicht. So nah, so direkt sind die Schnittpunkte von Leben und Kunst. Erst das gesamte Textgefüge eines Stückes zeigt die sprachliche Komplexität, die von Zoten bis zur Mystik reicht, vom Dialekt zur nivellierten Hochsprache bis zum Ornamentalen einer am Bibeldeutsch geschulten Sprache. Daraus leitet sich Fritschs Utopie ab: noch einmal alle Schichten der Sprache ins Gespräch miteinander zu bringen und alle Schichten der Bevölkerung anzusprechen, ein Versuch, auch den Wirtshaussaal in Wiesau zum Lachen und zum Schmunzeln zu bringen. Er gebraucht die Theaterformen, die vor allem den Alltag im ländlichen Raum bestimmen: Gottesdienst, Volkstheater und die Dramaturgie der TV-Sender. Er knüpft an deren Rituale an, an dem Bekannten, Vertrauten, Alltäglichen, und verschiebt die Inhalte, durchkreuzt die Erwartung, durch Überhöhung, durch unvermittelte Schärfe, durch verdichtete Sprache. Jede Abweichung wird somit auch zur Kritik an der Form, die über den jeweiligen konkreten Inhalt hinaus in entscheidendem Maß das Verhalten der Menschen konditioniert.
Werner Fritsch stellt Personen auf die Bühne und schafft Situationen, die man in ihrer scheinbaren ersten Eindeutigkeit sofort wiedererkennt, einordnet – Typisierungen und Muster, die bekannt sind, selbst der Verschrobene, der Schrullige und Skrupellose bedient dieses Schema. Fritschs Theater ist jedoch kein Volkstheater, sondern eine Traumspielstätte. Das Derbe, hinlänglich Bekannte ist der Ausgangspunkt, um Szene für Szene, Schnitt um Schnitt das vielschichtige Innenleben, die ungeahnten Gedanken und die surreale Traumwelt seiner Protagonisten

freizulegen. Vielleicht sollte man unter diesem Gesichtspunkt Werner Fritschs Gebrauch von Sprache, Alltagssprache und Sprüchen betrachten, das wiederkehrende metaphorische Vokabular: Sonnenblume, Distel, Kreuzotter, Hecht, die im Beginn der Stücke zunächst so einfachen und eindeutigen Charaktere. Diese Einschränkungen dienen dem Entwerfen von sprachlichen Gegenbildern und Gegenwelten, sie ermöglichen Individualisierungen und brechen Verständniskrusten auf. Erst das Individuum ist in seiner Existenz mehrdeutig und widersprüchlich. Sakral und derb lassen sich auf diese Weise miteinander verbinden, sie durchdringen sich vollständig im Traumspiel.

Man bringt uns seit Kant bei, in Polaritäten zu denken: hier das Subjekt, dort das Objekt. Eine Folge davon ist, daß das Wirkliche dem Imaginären gegenübergestellt wird. So als wäre das eine stets greifbar – und das andere weit weg. Diese Gegenüberstellung ist falsch. Ereignisse sind stets greifbar, erlebbar und sichtbar. Doch der Zusammenhang zwischen den Ereignissen – denn die meinen wir, wenn wir Wirklichkeit sagen – ist eine imaginäre Konstruktion. Die Wirklichkeit, wie immer man sie interpretieren mag, liegt jenseits eines Wandschirms aus schnellen Urteilen und oberflächlichen Eindrücken. Sobald man sich auf die Überlegung einläßt, daß der Mensch nicht nur von der Polarität Subjekt – Objekt bestimmt wird, daß es nicht nur zwei Extreme Realität und Irrealität, Rationalität und Irrationalität gibt, kommt man zu der Einsicht, daß der Mensch nicht nur von Fakten und Gegebenheiten umgeben ist, sondern auch von Sinn und Bedeutungen, die sich als Imagination manifestieren können. Der Traum ist ebenso wie die Vision ein Maß der Imagination, Maß, weil diese Bezeichnung gleicherweise den Raum und die Zeit öffnet. Der Traum bezieht »das Irrige und das Außerhalbsein, das Unfaßbare und das Unregelmäßige« (Maurice Blanchot) ein. Im Traum wie auch in der Vision wird die Trennung von Subjekt und Objekt aufgehoben, von Ich und Welt, von Ich und den Eigenschaften der Dinge, auch von Ich und Ich. In ihm sind die Gesetze von Raum und Zeit aufgehoben, die Personen spalten sich, überlagern sich, Tote kommunizieren mit Lebenden, Erinnerungen und Sehnsüchte, Obsessionen und Phantasien gehen mit realen Geschehnissen Verbindungen ein. Die entstehenden Bilder entspringen nicht nur der Tiefe der Empfindungen oder der Fülle der Phantasien, sondern dienen bei Werner Fritsch auch als Vehikel von Reflexionen. Hier bekommt der Traum seine gesellschaftliche Dimension. Das Theater zeigt im Traumspiel der Gesellschaft ihre Schattenseiten, die sie verdrängt und ohne deren Anerkenntnis es auch nicht jenen Lichtstreif Hoffnung – auch Liebe genannt – gibt.

Im Traum ist das Ich, der Träumer, zugleich Schauspieler, Bühne und Zuschauer. Der Traum ist ein Übergangsraum, der es dem Menschen erlaubt, »allein zu sein« (D. W. Winnicott), denn hier fallen Ich und Nicht-Ich, Vergangenes und Nicht-Vergangenes nicht zusammen und sind doch nicht getrennt. Das Theater kann die Funktion für die Gesellschaft erfüllen, die der Traum für die Psyche des Einzelnen einnimmt: alles Verdrängte an die Oberfläche zu bringen. »Der Spiegel der Kunst muß – wie unsere Träume – furchtbar, wunderbar, frech, obszön sein. (...) Die Arbeit der Künstler ist, der Natur der Träume gemäß, eine subjektiv verzerrte und poetisch verschlüsselte. Und doch gilt es im Interesse der Demokratie, diese Gesellschaft darauf hinzuweisen, daß ohne das Korrektiv der Kultur die Barbarei wieder – und totaler denn je – vor der Tür steht« (Werner Fritsch). In der »Episode vom Feind« schreibt Jorge Luis Borges: »– Ich kann etwas machen, entgegnete ich ihm. – Was? fragte er. – Erwachen. Und das tat ich.«

Erwachen, als bewußter Denk-Akt, beeinflußt von dem Traumspiel Theater, ist dann die Aufgabe des Publikums.

Detmold, im Februar 2000

Anna Opel
Der Sprache einen Körper zurückgeben

Zu einer Poetologie im Werk des Autors Werner Fritsch

Ein Dichter, der Theaterstücke schreibt, muß für seine Figuren eine Sprache finden, die sich in besonderem Maße zur Verkörperung eignet. Zu einem gewissen Grad muß der Sprachstil, neben den Inhalten der Rede, Eigenarten der Figur transportieren, noch bevor sich der Schauspieler mit ihr befaßt. Diese Forderung an eine dramatische Sprache – meist von Schauspielern besonders vehement gestellt – ist so selbstverständlich, daß es banal scheint zu sagen: Sprache und Körper gehören im theatralen Kontext zusammen.

Über den genannten selbstverständlichen Zusammenhang hinaus erhebt die Spracharbeit des Dichters Werner Fritsch Körperlichkeit zum poetologischen Programm. Mit seinem Schreiben setzt er Körperliches sprachlich um und schreitet dabei die Bedeutungsebenen der Worte aus. Da ist zunächst das Spiel mit mehrfachen Wortbedeutungen. Im *Wondreber Totentanz* loten in einer Simultanszene auf dem Friedhof der Totengräber und die Figur des Otto die sehr unterschiedlichen Assoziationsräume einzelner Worte aus. Der Totengräber kommentiert den Heroin-Schuß, den Otto sich gesetzt hat:

»Wir waren im Krieg in deinem Drecksalter. Meinen ersten Schuß schon im Unterarm!«

Dann wirft er Otto vor, daß sich die »Haschischspritzer« hängen lassen. Und hierauf kontert Otto:

»Und du, hab ich gehört,
hast im Krieg: Hängen lassen!«

Die beiden legen schließlich ihren Streit bei und besiegeln ihr Einverständnis wiederum in einer semantischen Divergenz: Der

Totengräber schwärmt vom schönen Stoff des Brautkleides seiner toten Frau und Otto vom Heroin als gutem Stoff.

Der Abstand zwischen zwei Generationen ist im Sprachgebrauch bewahrt, wobei dieser auf die je unterschiedlichen Erfahrungshorizonte verweist und sie ins Bewußtsein ruft. Das Verfahren analysiert also implizit die unterschiedlichen Sinnhorizonte der Figuren. In der gegenseitigen Abgrenzung, wie Totengräber und Otto sie betreiben, gewinnt der historische – oder zeitgenössische – Kontext einer Wortbedeutung an Kontur.

Außerdem die Symbolik der Namen: Wie Werner Fritsch sie im *Wondreber Totentanz* einsetzt, erinnert an die sprachliche Verkörperung des Verdrängten im Traum: Die Mitglieder des Chores der Toten II heißen Iris Taube, Isidor Birnbaum, Celina Koeppen, Sarah Drach, Jakob Hecht und Elias Ackermann. Alle diese Namen sind bildlich mit Szenen aus dem Leben des Protagonisten Isidor verknüpft. Sie existieren vornehmlich in Isidors Bewußtsein, führen allerdings im Stück auch ein autonomes Leben, denn sie haben einen Tod erlitten, von dem sie berichten können.

Mit seinen Sprachschöpfungen findet Werner Fritsch rhythmische und syntaktische Übersetzungen für ein körperliches Weltverhältnis. Er schafft eine Sprache, die als vermeintlich authentische, besondes eindrücklich in der Figur des Bauernknechtes Wenzel oder des jüdischen Toten Jakob Hecht, ein verlorengegangenes Weltverhältnis in Szene setzt. Mit einem imaginären Mikrophon scheint der Autor ganz nah an die Menschen heranzugehen, zum Verwechseln ähnlich ist die Rede seiner Figuren der realen Alltagssprache. Das präzise studierte Sprachmaterial wird aber stilisiert und komponiert und in ein übergeordnetes dichterisches System überführt. In diesem System stehen realistische Sprachstile neben einer eher artifiziellen Sprachbehandlung, die meist eine Ebene anzeigt, auf der das szenische Geschehen poetisch reflektiert und überhöht wird.

Fritschs auf den ersten Blick romantisierende Anhänglichkeit an die oberpfälzische Landschaft und an die immergleichen Figuren entpuppt sich bei näherem Hinsehen als ein Puzzle-Spiel aus Bildwelten, das immer neu zusammengesetzt und variiert wird. Sein Verfahren ist, im Sinne einer Mischung von Elementen aus verschiedenen Epochen, als postmodern zu charakterisieren. Ein solches Verfahren, das in der philosophischen Postmoderne von der Annahme eines »Endes der Geschichte« ausgeht, scheint bei Fritsch nicht mit Utopieverlust gekoppelt zu sein. Vielmehr kombiniert er Elemente der großen Erzählungen (z. Bsp. Christentum, Mythen des Alten Ägypten und Psychoanalyse), um eine künstliche Ganzheit zu inszenieren, die, so scheint es, eine in unzählige Splitter auseinanderfallende Wirklichkeit zu heilen sucht. In diesem spannungsvollen Widerspruch liegt der Reiz von Fritschs poetologischem Verfahren.

Im Programmheft zur Bonner Aufführung von *Sense* formuliert der Autor seine Perspektive auf die theatrale Trias von Sprache, Körper und Szene, mit der er einen politischen Anspruch verbindet:

»Der Sprache einen Körper zurückzugeben, ist für mich Theater. Freilich jenseits der Schablonen der Psychologie, jener Erblast unseres Theaters, diesem Relikt des neunzehnten Jahrhunderts.
Und ich glaube, das eigentlich Politische unserer Arbeit liegt, auch wenn das im ersten Anwurf phantastisch klingt, im Beharren auf solchen körperlichen Dimensionen des Geistigen. Weil der Sinn der Sprache ist ja zumeist willig, der Körper nur, der immer weniger beachtete, ist schwach.«

Diese vielleicht mystisch anmutende Formulierung von den »körperlichen Dimensionen des Geistigen« erschließt sich mit der plastischen Qualität der Texte. Wenn der Sprache ein Körper *zurück*gegeben werden soll, so setzt die Formulierung ein ursprüngliches Miteinander und dessen nachträgliche Aufspaltung voraus. Möglicherweise zielt Fritsch mit diesem Befund auf die von Michel Foucault beschriebene Aushöhlung der Sprache seit der Renaissance. Dieser Aushöhlung begegnet Fritsch mit der Konstruktion einer Sprache, die ihr bildliches und metaphorisches Material in der dinglichen, körperlichen Welt sucht. Ihre Melodien und Rhythmen verhalten sich mimetisch zu den Bewegungen in der Welt und zum Atem der Figuren. So verfolgt der Dichter das Projekt, die entfremdete Sprache zu den Objekten zurückzubringen. Seine Figuren scheinen mit ihrer je eigenen, praktischen Erfahrung von der Welt zu sprechen. In dieser Erfahrungsdimension wird die vormoderne Einheit von Himmel und Erde wieder lebendig. In *Aller Seelen* fragt der kleine Junge – Himmel und Milchstraße betrachtend – seinen Vater Lazarus, was mit den Sternen sei.

»JUNGE: Wie sind die Stern Milch?
LAZARUS: Wie lauter Sonnenblumen sinds, die Stern.
Oder sind wie lauter Äpfel aus Gold –
und die Nacht ist wie ein ewig großer schwarzer Baum.«

Das Himmelszelt, weit entfernt und abstrakt, wird greifbar und konkret im metaphorischen Vergleich mit den Dingen aus der nächsten Umgebung. Himmel und Erde spiegeln sich in diesem Denken ineinander, untrennbar verbunden.

Immer wieder bezeichnet der Dichter Fritsch in Essays und Gesprächen das Theater als einzig verbleibenden metaphysischen Ort der Gesellschaft. Das Theater habe der Medienunkultur seine Eigenart entgegenzuhalten, sagt Fritsch und definiert das Theater als vulkanischen Strom, als noch zuckendes Archiv menschlicher Schicksale. In dieser Formulierung liegt eine nahezu eschatologische Auffassung von Geschichte:

»Theater heißt: in der jüngsten Geschichte uns wenigstens als Gestalten in Geschichten zu erkennen.
Ist Theater nicht immer Traum – vom Jüngsten Gericht?«

Der Traum, hier als übergeordneter Modus des Theaters eingeführt, dient in den Stücken dazu, realistische Dramaturgien zu überschreiten. Er steht als andere Wirklichkeit, immer gleichberechtigt und ins Geschehen eingreifend, neben der ›realen‹ Wirklichkeit. »Wahrheit ist, was im Fernsehen kommt« sagt Martin in *Golgatha*. Doch die Dramaturgie des Stückes widerspricht ihm. Die Eigenart des Mediums Theater, die Werner Fritsch mit der Traumdramaturgie seiner Stücke bedient, kann Wahrscheinlichkeiten sprengen und so in einem höheren Sinne von Wahrheit sprechen. Mit dieser Setzung grenzt der Dichter sich ab von den kommerziell arbeitenden Medien und beruft sich statt dessen auf den metaphysisch-spirituellen Charakter der Aufführungssituation. Die Parallele zwischen der religiösen Praxis des Gottesdienstes und der Theateraufführung wird wortwörtlich genommen. Streben nach Wahrheit, vielleicht auch Erlösung, ist hier wie da das höhere Ziel. Im Zusammenhang mit der religiös-rituellen Praxis führt Werner Fritsch in einem Essay wieder die Physis ins Feld:

»Theater ist, seit der Gottesdienst an Bedeutung verloren hat und an Wahrhaftigkeit, in unserer Gesellschaft der letzte Ort für Metaphysik – durch das Fleisch und Blut der Menschen und die Materialität der Requisiten beglaubigt.«

Präsenz von Menschen und Dingen, hier genannt als Bedingung von Metaphysik, definiert wesentlich die Eigenart des Theaters in Abgrenzung zu den anderen Künsten und Medien. Sich auf diese Kraft beziehend, hebt Fritsch den scheinbaren Anachronismus Theater in den Rang der letzten gesellschaftlichen Selbstvergewisserung.

Im Christentum gibt es ein immer wiederkehrendes Ritual, das die Heilige Schrift in ihrem Schriftcharakter aussetzt und das Wort Fleisch werden läßt: das Abendmahl. Es hat die Funktion, den Kern der christlichen Lehre – die Menschwerdung Gottes – zu vergegenwärtigen und die Gemeinde rituell als Glaubensgemeinschaft zu erneuern. Auf das Wunder dieses Vorgangs bezieht sich Werner Fritsch als Urszene des Theatralen: Die Überblendung der Requisite mit symbolischer Bedeutung zum Zweck der Vergegenwärtigung des strukturell Abwesenden wohnt der christlichen Praxis des Abendmahls inne, sie definiert aber auch die Grundsituation Theater. Die Dopplung von Ding und Sinn steht für den Vorgang der Repräsentation überhaupt. Werner Fritschs vielschichtige Behandlung des Verhältnisses von Sprache und Körper fügt sich in das antirealistische Bild des christlich-liturgischen Ersetzungsgedankens. Das Prinzip der Verwandlung deutet in seiner Poetologie über den Usus des theatralen Vorgangs hinaus auf einen utopisch besetzten Raum der Möglichkeiten und der prinzipiellen Unendlichkeit.

»Stiftland«, Bärnauer Turm auf dem Steinberg

Bernhard Setzwein
Wondreb-Kosmos

Einst hatte das Stiftland mit die größten Bauernhöfe in der gesamten Oberpfalz. Ein paar solcher Prachthöfe kann man noch finden, meist sind sie im Geviert gebaut, und wenn deren Besitzer sich einen Sinn für die alten Traditionen des Stiftlandes erhalten haben, dann ist es eines dieser herrlichen Sonnentore, durch das man in den Innenhof tritt. Als das Stiftland nach dem Zweiten Weltkrieg unversehens ans sprichwörtliche ›Ende der Welt‹, nämlich in die wenig florierende Grenzlage im Schatten des Eisernen Vorhangs geriet, schlug für viele dieser Höfe das letzte Stündlein. Bauern- und Höfesterben waren angesagt. Von politischer Seite schritt man nicht unbedingt dagegen ein, damals machte das häßliche, aber natürlich nur inoffiziell geäußerte Wort Bonner Ministerialen die Runde: die »Passivsanierung« eines ganzen Landstriches.
Wer überleben wollte, mußte flexibel sein und sich umstellen. Wie etwa die Familie Fritsch auf der Hendelmühle, ein einschichtiges Anwesen ganz in der Nähe von Wondreb und nur wenige Kilometer von der Grenze entfernt. Bis ins 14. Jahrhundert läßt sich dieser Siedlungsplatz nachweisen, 1616 taucht erstmals einer der Besitzer namentlich auf, in einer Urkunde ist die Rede von »Jobst Hendel sein Mühl«. Seit 1825 ist die nach dem »Jobst« benannte Hendelmühle nun im Besitz der Familie Fritsch. Früher lebte man hauptsächlich von der Mühle, dem Hof und dem Sägewerk, in den letzten Jahren ist der Tourismus hinzugekommen mit ausgebauten Ferienwohnungen. Etliche Karpfenteiche hat man auch sowie Gehege für ein Rudel Wildschweine, Damhirsche, drei Pferde und schottische Hochlandrinder.

Wir sitzen in der ausgebauten Tenne über dem ehemaligen Knechtshaus... auch die Hendelmühle ist in Form eines stattlichen Vierseithofes gebaut. Hier wohnt Werner Fritsch mit Frau und kleiner Tochter, das heißt, wenn er nicht gerade in Berlin ist, seinem Zweitwohnsitz. Werner Fritsch ist aus dem Stiftland weggegangen, schon vor vielen Jahren, erst zum Studium nach

München, dann für kurze Zeit nach Paris, schließlich nach Berlin, und er ist dennoch dem Stiftland verbunden geblieben wie wohl nur wenige. Seit über zwanzig Jahren schreibt er an einem literarisch-theatralisch-filmischen Projekt, das er, der Kindheits- und Herkunftslandschaft nach, seinen »Wondreb-Kosmos« nennt. Er veröffentlicht im Frankfurter Suhrkamp Verlag, erhielt unter anderem den Schweizer Robert-Walser-Literaturpreis, seine Stücke werden aufgeführt in Bonn und Darmstadt, in Bremen und Mannheim, in Berlin und Hamburg (nur nicht in Bayern!). Überall dort hört und weiß man nun vom kleinen Wondreb im Oberpfälzer Stiftland!
Es umfaßt aber auch alles, um nicht das zu sagen das All, dieses kleine Wondreb. Werner Fritschs erstes Buch, »Cherubim«, beginnt mit einem Kapitel, das ist überschrieben »Von der Ewigkeit bis 1905« und beginnt so: »Und da war nichts am Anfang. Und war doch wie ein Loch. Ein Was wie ein Urloch, was es war. Und ich weiß nicht, ist was reingekommen und kann rausgekommen gewesen sein auch erst etwas.« So stellt sich der Knecht Wenzel den Urknall vor. Es hat ihn wirklich gegeben, diesen hageren, alten Mann, behindert aufgrund einer frühen Kinderlähmung, mit dem tief eingeschnitzten Furchengesicht, so wie ihn uns Fritsch gezeigt hat, in einem suggestiven Schwarzweißfilm mit dem Titel »Das sind die Gewitter in der Natur«, sicher die poetischste Liebeserklärung, die diesem Landstrich je gemacht wurde. Der Wenzel war Knecht bei den Fritschs, und weil es für die Eltern auf der Sägemühle Tag und Nacht Arbeit gab, war er es, der als Großvaterersatz dem »Wernerl« die Welt erklärt hat. Seine Geschichten gehören seitdem zum festen Bestand des »Wondreb-Kosmos«, mit dem der Romancier, Theaterautor und Filmemacher Werner Fritsch so große Erfolge hat. Da gehören die von den Stiftland-Bewohnern gefürchteten Kreuzottern dazu (Wenzel soll das »Wernerl« einmal gerettet haben, als er mit einem solchen Tier spielen wollte!), da gehört im Grunde die gesamte Sozialgeschichte unseres Jahrhunderts dazu, die Bauernarbeit, die Volksreligiosität (mit der blutenden Resl und dem Wondreber Totentanz, nachdem sogar eines der Stücke von Fritsch benannt ist). Und die Jahre 1933 bis 1945 tauchen natürlich auch immer wieder mit ihren Schrecknissen auf, lag doch gar nicht weit vom südlichen

Rand des Stiftlandes entfernt das berüchtigte KZ Flossenbürg. Vor allem die Vorfälle nach Kriegsende '45 sollten direkt in die Familiengeschichte der Fritschs eingreifen, mörderisch eingreifen. Es waren nämlich befreite KZ-Häftlinge, die an einem Novembertag im Herbst '45 auf dem einsamen Gehöft auftauchten und die Großeltern von Werner Fritsch erschossen, um danach den Hof ungehindert ausplündern zu können. Ein Trauma in der Familie, von dem zum Beispiel der Vater, der als Jugendlicher daraufhin Hof und Sägewerk übernehmen mußte, nie ein Wort spricht. Werner Fritsch aber hat das alles aufgeschrieben. Wer wirklich etwas vom Stiftland erfahren will, von der Geschichte und den Geschichten, die sich hier zutrugen und die der Autor immer ins Allgemeinmenschliche und Allzumenschliche zu überhöhen weiß, der kommt an den Büchern Werner Fritschs einfach nicht vorbei. Man sollte sie stets in der Hand haben, wenn man von Wondreb über Rosall nach Dobrigau und Wernersreuth unterwegs ist.

»Heiliger Leib« des Gratian in der Stiftsbasilika Waldsassen

Werner Fritsch
JENSEITS DIESES JAHRTAUSENDS – Furcht und Hoffnung, die Welt betreffend und das Theater

I.

Jetzt, am Jahrtausendende, brechen wir auf in eine Zukunft, die durch Mördergruben im Herzen nur eine neue Form der Vergangenheit ist.
Zugegeben: Wir sind zu schwach, das oft nur übermittelte Leiden in Erkenntnis zu verwandeln. Nicht einmal der für Hekatomben in spe produzierte Tod rings um uns hatte die Gewalt, unser Leben in ein anderes Licht zu tauchen.
Glücklich den atomaren Gewittern entkommen, hat der noch immer mögliche Overkill als Megathrill am medialen Horizont uns dazu programmiert, immer dann weiterzuzappen, wenn es ernst wird.
Anstatt dem Tod mit Muße und Menschenwürde entgegenzureifen, zappelt jedermann als bewegungslos Bewegter im Karussell der Kartelle. Die Musen schweigen, die Virtualität als Vampir am Kehlkopf.

II.

Als zur letzten Jahrhundertwende die Photographie einbrach in die Domäne der Malerei und deren Dominanz bei der Wiedergabe der Wirklichkeit usurpierte, rekapitulierte die Malerei ihre eigenen Mittel – und unser Bild der Welt wurde wieder sehr spirituell.
Jetzt, zur Jahrtausendwende, scheint das Theater zu kapitulieren angesichts des Medusenblicks der Medien: in meinen Augen die Dokumentaraufnahmen des Holocaust in der Vergangenheit und die Sendungen voll des täglichen Todes – Krieg Elend Katastrophen – als Konjunktiv in der Zukunft.

Der Rest ist *Fun* – Blindheit im Aug des TV-Taifuns. Moden und Methoden, die Zeit, die unser Leben ist, Nacht für Nacht totzuschlagen mit Talkshows, Softsex und Seifenopern.
Das Theater – außerstande eine Gegenwelt zu schaffen, die uns erlösen könnte aus den Klauen des Gegenwart mit dem Magen des Markts verdauenden Zeitgeists – zieht den Schwanz ein anstatt sich seiner jahrtausendealten ureigenen Qualität zu entsinnen.

III.

Ist das Theater nicht ein Magmastrom aus noch immer glühenden Brocken Herzgesteins von Menschen, deren Körper, längst erloschen und verweht, Staub der Jahrtausende sind?
Gewiß: Dieser Strom führt – außer dem Blut Agamemnons und dem Klytaimnestras, außer dem Blut aus den Augen des Ödipus und dem in die Unterschrift geflossenen Blut Fausts, außer der Rache der Erinnyen und der Ranküne der Könige aus der Vorzeit, außer den Worten Kassandras und des greisen Teiresias, außer Gott im zweiten christlichen Jahrtausend, dem unsrigen, vor der Auszeit – das Feuer der Öfen, die Asche der Opfer und die Asche des zum Pilz aufschießenden Atoms mit sich: zu schweigen vom singenden Haupt des Orpheus.
Jenseits dieses Styx ein Chor der Schatten, die zum Leben erwachen, wenn sich ein Mensch aus Fleisch und Blut opfert, die Worte und Taten der Toten auf sich nimmt, in sich aufnimmt.
Theater heißt: in der jüngsten Geschichte uns wenigstens als Gestalten in Geschichten zu erkennen.
Ist Theater nicht immer Traum – vom Jüngsten Gericht?

IV.

So wie die Photographie die Malerei von der Pflicht befreit hat, die Wirklichkeit widerzuspiegeln, so könnten uns doch die Medien und der Film davon befreien, in der Mimesis einer mumifizierten Gegenwart zu erstarren. Auch die Konvention des Psychologismus (der Film hat die Nahaufnahme) und die Konvention der *Well-made-Play*-Dramaturgie (der Film ist durch die Notwendigkeit, sein Produktionsgeld wieder herauszukriegen, blind geworden) treten wir gerne ab.

Ein Theater, welches immer mehr Filme nachspielt oder Fernsehspiele voller *Four-Letter-Words*, ist ein Rumpf ohne Kopf. Das einzige Wissen, auf das Ringsherum gewaltlos einzuwirken, kommt aus dem Traum. Vielleicht fällt uns ja im Spiel ein Weg ein, den Geleisen, die mit teuflischem Genie gelegt sind auf Totalkontrolle der Gedanken wie der Gene hin, zu entkommen – mit Würde: jenem Konjunktiv des Seins.

V.

Da in unserem Kopf zwei Weltkugeln, auf lange Sicht Blindheit zu zeitigen für alles, was atmet ringsherum, ja Blindheit für die Bilder selbst der eigenen Träume, eingesenkt sind –
und da alle das immer und in aller Welt Gleiche aus aller Welt – bei gleichzeitiger Vereinzelung – immer gleicher sehen, ist es geradezu lebenswichtig, daß Theater der Ort ist, wo alle diesseits wie jenseits der Rampe, trotz oder dank der gleichen Luft in der Lunge, bei offenen Augen ganz eigene Träume in den Dunkelkammern ihrer Köpfe entwickeln können: Mehr als drei Leute sind versammelt im Namen einer künstlerischen Vision: Und jeder sieht durch das Geschehen auf der Bühne hindurch seinen eigenen »Film«, die »Lichtbestimmung« seines Lebens, rechtzeitig vor dem Ab in die Konserve Ewigkeit.

VI.

Theater ist, seit der Gottesdienst an Bedeutung verloren hat und an Wahrhaftigkeit, in unserer Gesellschaft der letzte Ort für Metaphysik – durch das Fleisch und Blut der Menschen und die Materialität der Requisiten beglaubigt: Die vieltausend Jahre des Theaters lassen allen Engstirnigkeiten zum Trotz mehr Freiheit zu, kommt mir vor, als die vom Markt gepeitschten Medien und, leider Gottes, noch immer der Film.

Freilich, auf einen Schlag so viel Geld für ein Drehbuch, als ob man fünfzehn Stücke oder fünfzig Bücher geschrieben hätte... Doch lieber ein armer Gott als ein reicher Ministrant. Was nützt es dir, wenn dein Name gehört wird in aller Welt, aber du erkennst deine Stimme nicht mehr. Die Mundhöhle im Augenblick des Sprechens Erz geworden, deine Zunge Klöppel in der Glocke der Lüge.
Die herrschende Ästhetik ist eine Autobahn: konstruiert, um von dem Terrain unterhalb der Schädeldecke, das zu uns führt, abzulenken. Ich gehe lieber barfuß in einer Landschaft, die der Wildnis meines Bewußtseins entspricht. Der Weg ist steinig. Die Steine sind schön. Unterwegs sein, wo es noch keine Landkarten der Seele gibt. Finsternis, alle heilige Zeit etwas Licht der Blitze. Schwach, aber lebendig: mein Jetzt seit jeher. Was hab ich auch sonst bisher groß zusammengebracht: Allenfalls den Kindertraum weitergetragen.
Am Ende ins neue Jahrtausend.

VII.

Ist Theater nicht: in den Körper gefahrener Geist?

Im Januar 1999

Werner Fritsch

1960 in Waldsassen/Oberpfalz geboren. In den Jahren 1980 bis 1984 widmete er sich als Autor, Regisseur und Darsteller dem Aktionstheater/Performances. 1987 erscheint sein Roman CHERUBIM, der mit großer Aufmerksamkeit und Preisen bedacht wird. Seitdem zahlreiche Prosaveröffentlichungen, Theaterstücke, Hörspiele und Filme.
Werner Fritsch lebt zur Zeit in Hendelmühle und Berlin.

Buchveröffentlichungen:
CHERUBIM. Roman. Frankfurt/M. 1987
STEINBRUCH. Frankfurt/M. 1989
FLEISCHWOLF. Gefecht. Frankfurt/M. 1992
SENSE. Frankfurt/M. 1992
DAS SIND DIE GEWITTER IN DER NATUR. Filmbuch. Stuttgart 1992
STECHAPFEL. Legende. Frankfurt/M. 1995
ES GIBT KEINE SÜNDE IM SÜDEN DES HERZENS – HÖLLENSTURZ in Spectaculum 64, Frankfurt/M. 1997
BÖHMEN: EIN LITERARISCHES PORTRÄT (mit Uta Ackermann), Frankfurt/M. 1998
DER DISTEL MYSTISCHE ROSE: Gedichte und Prosa von Annette von Droste-Hülshoff, ausgewählt von Werner Fritsch, Frankfurt/M. 1998
ES GIBT KEINE SÜNDE IM SÜDEN DES HERZENS – Stücke, Frankfurt/M. 1998
JENSEITS, Frankfurt/M. 2000
DIE LUSTIGEN WEIBER VON WIESAU, Stück und Materialien, Frankfurt/M. 2000

Weitere Veröffentlichungen:
DER RUMÄNENBINDER, in: Literatur im Kreienhoop 1984, Hrsg.: Manfred Dierks u.a., München und Hamburg 1985
DAS WERNERL, in: Klagenfurter Texte 1987, Hrsg.: Heinz Fellbach u. a., München 1987
Beiträge in: Wiedemann, ÜBERALL BRENNT EIN SCHÖNES LICHT, Passau 1993

Beitrag in: Wolff, DAS GROSSE BUCH DER ENGEL, Freiburg 1994
Abdruck des Anfangs von ISIS in: LESEN IM BUCH DER EDITION SUHRKAMP, Frankfurt/M. 1995
DIE IRRLICHTER IRGENDMAL AN DER WONDREB, in: Ettl/Grill, OBERPFALZ, Viechtach 1995
Auszüge aus CHERUBIM, in: Döring, ETWAS, DAS ZÄHLT. Deutschsprachige Literatur der Achtziger Jahre, Gütersloh 1996
ZEICHEN UND WUNDEN, in: Böhme/Schweikert: ARCHAISCHE MODERNE, Stuttgart 1996
MARIA MORPHIUM und AUF DEM BERG DER TOTEN in Uta Ackermann: JOHANN KRESNIK UND SEIN CHOREOGRAPHISCHES THEATER, Berlin 1999

Theaterstücke:
STEINBRUCH (1983)
Szenische Lesung beim Stückemarkt des Berliner Theatertreffens 1990
UA: Nationaltheater Mannheim, 25. März 2000, Regie: Patrick Schimanski
Eingeladen zu den 25. Mülheimer Theatertagen 2000
JETZT – HINABGESTIEGEN IN DAS REICH DER TOTEN (1983)
UA: Württembergische Landesbühne Esslingen, 4.4.1992, Regie: André Turnheim
FLEISCHWOLF Gefecht (1992)
UA: Schauspiel Bonn, 27.9.1992, Regie: Jaroslav Chundela
SENSE (1992)
Szenische Lesung beim Stückemarkt des Berliner Theatertreffens 1992
UA: Schauspiel Bonn, 9.10.1993, Regie: Werner Fritsch
GRÜNDGENS (1995)
UA: Deutsches Schauspielhaus Hamburg, 1.4.1995 /Volksbühne Berlin, 4.5.1995, Regie und Choreographie: Johann Kresnik, TV-Ausstrahlung am 14.12.1995
ISIS Libretto (1996), Musik: Jeff Beer
UA: Tage der Zeitgenössischen Musik, Theaterhaus Stuttgart, 26.2.1996

WONDREBER TOTENTANZ (1995)
UA: Staatstheater Darmstadt, 17. 1. 1998, Regie: Thomas Krupa
ES GIBT KEINE SÜNDE IM SÜDEN DES HERZENS Höllensturz (1993)
UA: Staatstheater Darmstadt, 12.12. 1998, Regie: Thomas Krupa
CHERUBIM Monolog (1998)
UA: Nationaltheater Mannheim, 20. 12.1998, Regie: Christoph Biermeier
JOSEPH SÜSS (zusammen mit Uta Ackermann) (1998)
Libretto für eine Oper von Detlev Glanert
UA: Bremer Theater 13. 10. 1999, Regie: Tilman Knabe
DIE LUSTIGEN WEIBER VON WIESAU (1999)
UA: Deutsches Theater Berlin, 30. 1. 2000, Regie: Thomas Langhoff
ALLER SEELEN (2000)
UA: Thalia Theater Hamburg, 15. 4. 2000
Regie: Johann Kresnik

Hörspiele:
JETZT – HINABGESTIEGEN IN DAS REICH DER TOTEN (1989)
Produziert vom Südfunk Stuttgart 1989
STEINBRUCH (1983)
Produziert vom Südfunk Stuttgart 1990
SENSE (1991)
Produziert vom Südwestfunk Baden-Baden 1992
ISIDOR ISIDOR (1993)
Produziert vom Südwestfunk Baden-Baden 1993
CHERUBIM (1998)
Produziert vom Südwestfunk Baden-Baden 1998
SERAPHIM (1998)
Produziert vom Südwestfunk Baden-Baden 1998
JENSEITS (1999)
Produziert vom Südwestrundfunk Baden Baden 2000

Filme:
DAS SIND DIE GEWITTER IN DER NATUR (1988)
16 mm-Film, 82 min., gefördert mit den Mitteln des Kuratori-

ums Junger Deutscher Film und des Bayerischen Rundfunks Kinostart: 8. 12. 1988, TV-Ausstrahlung: 4. 12. 1990

AUGE IN AUG – VOLL TOTEN LICHTS: DISTELN FÜR DIE DROSTE 37 min. (1997)

LABYRINTH 12 min. (1999)

Preise und Auszeichnungen:

Preis der Weidener Kulturtage 1983

Hinterskirchener Poetenpreis 1984

Robert-Walser-Preis für den Roman CHERUBIM 1987

Preis des Landes Kärnten, vergeben im Rahmen des 11. Ingeborg-Bachmann-Wettbewerbs 1987

Stipendium des Literarischen Colloquiums Berlin 1988

Rauriser Literaturpreis für CHERUBIM 1988

Literaturförderpreis der Stadt München 1989

Dokumentarfilmpreis der SPD beim Dokumentarfilmfestival München 1990

Stipendium der Akademie auf Schloß Solitude, Stuttgart 1991

Hörspielpreis der Kriegsblinden für das Hörspiel SENSE, Produktion des Südwestfunks Baden-Baden, Regie: Norbert Schaeffer, 1993

Einladung der Bonner Inszenierung von SENSE zu den Werkstattagen ins Potsdamer Hans-Otto-Theater sowie zum Festival für Monodrama nach Minsk, Belorus; Preis des Bürgermeisters von Minsk für die Inszenierung von SENSE 1993

Stipendium der Alten Schmiede Wien 1994

Stipendium des Senats von Berlin für STECHAPFEL 1995

Bayerischer Staatsförderpreis für Literatur 1996

Else-Lasker-Schüler-Preis (gemeinsam mit Volker Lüdecke) 1997

Kulturförderpreis Ostbayern 1998

Theaterstipendium des Landes Baden-Württemberg 1999

Förderpreis zum Heimito von Doderer Literaturpreis 1999

Textnachweise:

Brigitte Labs-Ehlert, »Gegenständigsein«, Originalbeitrag für dieses Buch.

Anna Opel, »Der Sprache einen Körper zurückgeben«, Originalbeitrag für dieses Buch.

Bernhard Setzwein, »Wondreb-Kosmos«, in: »Land der tausend Teiche – Das Stiftland«, Text von B. Setzwein, Fotos N. Grüner u. a., Amberg 1999.

Werner Fritsch, »JENSEITS DIESES JAHRTAUSENDS – Furcht und Hoffnung, die Welt betreffend und das Theater«, erste Veröffentlichung in: Frankfurter Rundschau, 29. Januar 1999, unter dem Titel »Das Wissen aus dem Traum«.

Bildnachweise:

Wondreber Totentanz, *Bildtafel 6*, in: Hermann Kirchhoff, »Der Wondreber Totentanz«, München und Zürich 1976.

Wondreber Totentanz, *Bildtafel 1*, ebenda.

Kreuzotterpärchen, in: »Land der tausend Teiche – Das Stiftland« (siehe Textnachweise).

Stiftland, *Bärnauer Turm auf dem Steinberg*, © Weidelsburg Verlag, Kassel.

»Heiliger Leib« des Gratian in der Stiftsbasilika Waldsassen, © Kunstverlag Peda, Passau 1996

Von Werner Fritsch
erschienen im Suhrkamp Verlag

Cherubim. Roman. 1987
Cherubim. Roman. st 1672. 1989
Steinbruch. es 1554. 1989
Fleischwolf. Gefecht. es 1650. 1992
Sense. 1992
Cherubim. Roman. Rote Reihe 1994
Stechapfel. Legende. 1995
Es gibt keine Sünde im Süden des Herzens.
Höllensturz. In Spectaculum 64. 1997
Es gibt keine Sünde im Süden des Herzens. Stücke.
es 2117. 1999
Jenseits. 2000
Die lustigen Weiber von Wiesau. Stück und Materialien.
es theater 3400. 2000

Von Werner Fritsch
erschienen im Insel Verlag

Böhmen. Ein literarisches Porträt. Mit Uta Ackermann. 1997
Der Distel mystische Rose. Gedichte und Prosa von Annette von Droste-Hülshoff. Ausgewählt von Werner Fritsch. 1998